PRIX : 60 *centimes*

...ANO DE BERGERAC

VOYAGE

DANS LA LUNE

PARIS
ERNEST FLAMMARION, ÉDITEUR
26, rue Racine, 26.

VOYAGE DANS LA LUNE

ÉMILE COLIN — IMPRIMERIE DE LAGNY

CYRANO DE BERGERAC

VOYAGE

DANS LA LUNE

PARIS

ERNEST FLAMMARION, ÉDITEUR

26, RUE RACINE, PRÈS L'ODÉON

PRÉFACE

———

Lecteur, je te donne l'ouvrage d'un mort qui m'a chargé de ce soin, pour te faire connoître qu'il n'est pas un mort du commun ;

> Puisqu'il n'est point couvert de ces tristes lambeaux
> Qu'une ombre désolée emporte des tombeaux ;

qu'il ne s'amuse plus à faire de vaines plaintes, à renverser les meubles d'une chambre, à traîner des chaînes dans un grenier; qu'il ne souffle point la chandelle dans une cave, qu'il ne bat personne, qu'il ne fait point le Cauchemar, ni le Moine-bourru, ni enfin aucune des fadaises dont on dit que les autres morts épouvantent les sots ; et qu'au contraire de tout cela, il est d'aussi belle humeur que jamais. Je crois qu'une façon d'agir, si agréable et si extraordinaire dans un mort, suspendra le chagrin des plus Critiques, en faveur de cet ouvrage, parce qu'il y auroit double lâcheté d'insulter à des mânes si remplies de bienveillance, et si soigneuses du divertissement des vivans ; mais que cela soit ou ne soit pas, que le Critique le révère ou le morde, je suis assuré qu'il s'en souciera d'autant moins que sa belle humeur est l'unique chose de ce monde qu'il ait retenue en l'autre ; de sorte qu'étant impassible à tout le reste, quelque coup que la médisance lui porte, il ne fera que blanchir. Ce n'est pas (raillerie à part) que je veuille imposer à personne la nécessité de n'en juger que par mes yeux : je sais trop bien que la lecture n'est agréable

qu'à proportion de ce qu'elle est libre; c'est
pourquoi je trouve bon que chacun en juge
selon le fort ou le foible de son génie; mais je
prie les plus généreux de se laisser prévenir
par cette favorable pensée, qu'il n'a eu pour
but que le plaisant, et c'est ce qui lui a pu
faire négliger quelques endroits, auxquels, à
cause de cela, on doit une attention d'autant
moins austère, que par ce moyen on l'excusera
plus facilement de la circonspection, qu'autrement on y désireroit trop grande de sa part,
de la mienne, de celle des Imprimeurs.

Quid ergo?
Ut scriptor si peccat, idem librarius usque
Quamvis est monitus, venia caret.

J'avoue, toutefois, que, si j'eusse eu le temps,
ou que je n'y eusse pas prévu de très grandes
difficultés, j'aurois volontiers examiné la
chose, de sorte qu'elle t'auroit semblé peut-
être plus complète; mais j'ai appréhendé d'y

mettre, ou de la confusion, ou de la difformité,
si j'entreprenois d'en changer l'ordre, ou de
suppléer à quelques lacunes, par le mélange
de mon style au sien, dont ma mélancolie ne
me permet pas d'imiter la gaieté, ni de suivre
les beaux emportemens de son imagination ;
la mienne, à cause de sa froideur, était plus
stérile. C'est une disgrâce qui est arrivée à
presque tous les ouvrages posthumes, où ceux
qui se sont donné le soin de les mettre au jour
ont souffert de semblables lacunes, dans la
crainte (s'ils en avoient entrepris le supplé-
ment) de ne pas quadrer à la pensée de l'Auteur. Ceux de Pétrone sont de ce nombre-là ;
mais on ne laisse pas d'en admirer les frag-
mens, comme on fait les restes de l'ancienne
Rome.

Peut-être, toutefois, que, sans mettre ces
choses en considération, le Critique, qui ne se
dément jamais, biaisant au reproche qu'il
pourroit encourir s'il attaquoit un mort, chan-
gera seulement d'objets, et prétendra me

rendre caution de l'événement de ce Livre,
sous ombre quë je me suis donné le soin de
son impression ; mais j'appelle dès à présent,
de son sentiment, à celui des Sages, qui me
dispenseront toujours d'être responsable des
faits d'autrui, et de rendre raison d'un pur
effet de l'imagination de mon ami, qui lui-
même n'auroit pas entrepris d'en donner de
plus solides que celles qu'on rend ordinaire -
ment des fables et des romans.

Je dirai seulement, par forme de manifeste
en sa faveur, que sa chimère n'est pas si absolument dépourvue de vraisemblance qu'entre
plusieurs grands hommes anciens et modernes, quelques-uns n'aient cru que la Lune
étoit une terre habitable ; d'autres, qu'elle
étoit babitée ; et d'autres plus retenus, qu'elle
leur sembloit telle. Entre les premiers et les
seconds, Héraclite a soutenu qu'elle étoit une
terre entourée de brouillards ; Xénophon,
qu'elle étoit habitable ; Anaxagoras, qu'elle
avoit des collines, des vallées, des forêts, des

maisons, des rivières, et des mers ; et Lucien,
qu'il y avoit vu des hommes avec lesquels il
avoit conversé et fait la guerre contre les
habitans du Soleil : ce qu'il conte toutefois
avec beaucoup moins de vraisemblance et de
gentillesse d'imagination que Monsieur de
Bergerac. En quoi cependant les Modernes
l'emportent sur les Anciens, puisque les gan-
sars, qui y portèrent l'Espagnol, dont le Livre
parut il y a quelques années, les bouteilles
pleines de rosée, les fusées volantes et le chariot d'acier de Monsieur de Bergerac, sont des
machines bien plus agréablement imaginées
que le Vaisseau dont se servit Lucien, pour
y monter. Enfin, entre les derniers, le Père de
Mersenne, dont la grande piété et la science
profonde ont été également admirées de ceux
qui l'ont connu, a douté si la Lune n'étoit pas
une terre, à cause des eaux qu'il y remarquoit,
et que celles qui environnent la terre où nous
sommes en pourroient faire conjecturer la
même chose à ceux qui en seroient éloignés

de soixante demi-diamètres terrestres, comme nous sommes de la Lune. Ce qui peut passer pour une espèce d'affirmation, parce que le doute, dans un si grand homme, est toujours fondé sur une bonne raison, au moins sur plusieurs apparences qui y équipollent. Gilbert se déclare plus précisément sur le même sujet, car il veut que la Lune soit une terre, mais plus petite que la nôtre, et il s'efforce de le prouver par les convenances qui sont entre celle-ci et celle-là. Henry Leroy et François Patrice sont de ce sentiment, et expliquent fort au long sur quelles apparences ils se fondent, soutenant enfin que notre Terre et la Lune se servent de Lunes réciproquement.

Je sais que les Péripatéticiens ont été d'opinion contraire, et qu'ils ont soutenu que la Lune ne pouvoit être une terre, parce qu'elle ne portoit point d'animaux; qu'ils n'y auroient pu être que par la génération et la corruption, et que la Lune est incorruptible, qu'elle a toujours été portée d'une situation stable et constante, et qu'on y a remarqué aucun changement depuis le commencement du monde jusqu'à présent. Mais Hevelius leur répond que notre Terre, quelque corruptible qu'elle nous paroisse, n'a pas laissé de durer autant que la Lune, où il s'est pu faire des corruptions, dont nous ne nous sommes jamais aperçus, parce qu'elles s'y sont faites dans ses moindres parties, et sur sa simple surface; comme celles qui se font sur la surface de notre Terre, où nous ne les pourrions découvrir, si nous en étions aussi éloignés que de la Lune. Il ajoute plusieurs autres raisonnements qu'il confirme par un télescope de son invention, avec quoi il dit (et l'expérience en est facile et familière) qu'il a découvert dans la Lune que les parties plus luisantes et plus épaisses, les grandes et les petites, ont un juste rapport avec nos mers, nos rivières, nos lacs, nos plaines, nos montagnes et nos forêts.

Enfin, notre divin Gassendi, si sage, si modeste, et si savant en toutes ces choses, ayant

voulu se divertir, comme je crois qu'ont voulu
faire les autres, a écrit sur ce sujet, de même
que Hevelius, ajoutant qu'il croit qu'il y a
des montagnes dans la Lune, hautes quatre
fois comme le mont Olympe, à prendre sa
hauteur sur celle que lui donne Anaxagoras,
c'est-à-dire de quarante stades, qui re-
viennent environ à cinq milles d'Italie.

Tout cela, Lecteur, te peut faire connoître
que Monsieur de Bergerac ayant eu tant de
grands hommes de son sentiment, il est d'autant plus à louer, qu'il a traité plaisamment
une chimère dont ils ont traité trop sérieusement : aussi, avoit-il cela de particulier, qu'il
croyoit qu'on devoit rire et douter de tout ce
que certaines gens assurent bien souvent
aussi opiniâtrément que ridiculement ; en
sorte que je lui ai ouï dire plusieurs fois qu'il
avoit autant de Farceurs qu'il rencontroit de
Sidias (c'est le nom d'un pédant que Théophile,
dans ses fragments comiques, fait battre à
coups de poing contre un jeune homme à qui

le pédant opiniâtroit qu'*odor in pomo non erat forma, sed accidens*), parce qu'il croyoit qu'on pouvoit donner ce nom à ceux qui disputent, avec la même opiniâtreté, des choses aussi inutiles.

L'éducation que nous avions eue ensemble, chez un bon prêtre de la campagne qui tenoit de petits pensionnaires, nous avoit faits amis dès notre plus grande jeunesse, et je me souviens de l'aversion qu'il avoit dès ce temps-là pour ce qui lui paroissoit l'ombre d'un Sidias ; parce que, dans la pensée que cet homme en tenoit un peu, il le croyait incapable de lui enseigner quelque chose ; de sorte qu'il faisoit si peu d'état de ses leçons et de ses corrections, que son père, qui étoit un bon vieux Gentilhomme assez indifférent pour l'éducation de ses enfans, et trop crédule aux plaintes de celui-ci, l'en retira un peu trop brusquement ; et, sans s'informer si son fils seroit mieux ailleurs, il l'envoya à Paris, où il le laissa jusqu'à dix-neuf ans sur sa bonne foi.

Cet âge, où la nature se corrompt plus aisément, et la grande liberté qu'il avoit de ne faire que ce que bon lui sembloit, le portèrent sur un dangereux penchant, où j'ose dire que je l'arrêtai ; parce qu'ayant achevé mes études, et mon père voulant que je servisse dans les Gardes, je l'obligeai d'entrer avec moi dans la Compagnie de Monsieur de Carbon Castel-Jaloux. Les duels, qui sembloient, en ce temps-là, l'unique et le plus prompt moyen de se faire connoître, le rendirent en si peu de jours si fameux, que les Gascons, qui composoient presque seuls cette Compagnie, le consiléroient comme le démon de la bravoure, et lui comptoient autant de combats que de jours qu'il y étoit entré. Tout cela cependant ne le détournoit point de ses études, et je le vis un jour dans un corps de garde travailler à une Elégie avec aussi peu de distraction que s'il eût été dans un cabinet fort éloigné du bruit. Il alla quelques temps après au siége de Mouzon, où il reçut un coup de mousquet au tra-

vers du corps, et, depuis, un coup d'épée dans
la gorge, au siége d'Arras en 1640. Mais les
incommodités qu'il souffrit pendant ces deux
siéges, celles que lui laissèrent ces deux
grandes plaies, les fréquens combats que lui
attiroit la réputation de son courage et de son
adresse, qui l'engagèrent plus de cent fois à
être second (car il n'eut jamais une querelle,
de son chef), le peu d'espérance qu'il avoit
d'être considéré, faute d'un patron, auprès de
qui son génie tout libre le rendoit incapable
de s'assujétir, et enfin le grand amour qu'il
avoit pour l'étude, le firent renoncer entièrement au métier de la guerre, qui veut tout un
homme, et qui le rend autant ennemi des
lettres que les lettres le font ami de la paix.
Je te particulariserois quelques combats qui
n'étoient point des duels, comme fut celui où,
de cent hommes attroupés pour insulter en
plein jour à un de ses amis sur le fossé de la
porte de Nesle, deux, par leur mort, et sept
autres, par de grandes blessures, payèrent la

peine de leur mauvais dessein. Mais, outre que cela passeroit pour fabuleux, quoique fait à la vue de plusieurs personnes de qualité qui l'ont publié assez hautement pour empêcher qu'on n'en puisse douter, je crois n'en devoir pas dire davantage, puisque aussi bien en suis-je à l'endroit où il quitta Mars pour se donner à Minerve ; je veux dire qu'il renonça si absolument à toutes sortes d'emplois depuis ce temps-là, que l'étude fut l'unique auquel il s'adonna jusqu'à la mort.

Au reste, il ne bornoit pas sa haine pour la sujétion, à celle qu'exigent les Grands auprès desquels on s'attache ; il l'étendoit encore plus loin, et même jusqu'aux choses qui lui sembloient contraindre les pensées et les opinions, dans lesquelles il vouloit être aussi libre que dans les plus indifférentes actions ; et il traitoit de ridicules certaines gens qui, avec l'autorité d'un passage, ou d'Aristote, ou de tel autre, prétendent, aussi audacieusement que les disciples de Pythagore avec leur *Magister*

2

dixit, juger des questions importantes, quoique
des expériences sensibles et familières les dé-
mentent tous les jours. Ce n'est pas qu'il n'eût
toute la vénération qu'on doit avoir pour tant
de rares Philosophes, anciens et modernes ;
mais la grande diversité de leurs sectes, et
l'étrange contrariété de leurs opinions, lui
persuadoient qu'on ne devoit être d'aucun
parti :

Nullius addictus jurare in verba Magistri.

Démocrite et Pyrrhon lui sembloient, après
Socrate, les plus raisonnables de l'antiquité ;
encore, n'étoit-ce qu'à cause que le premier
avoit mis la vérité dans un lieu si obscur, qu'il
étoit impossible de la voir ; et que Pyrrhon
avoit été si généreux, qu'aucun des Savans de
son siècle n'avoit pu mettre ses sentimens en
servitude, et si modeste, qu'il n'avoit jamais

voulu rien décider ; ajoutant, à propos de ces
Savans, que beaucoup de nos Modernes ne lui
sembloient que les échos d'autres Savans, et
que beaucoup de gens passent pour très-doctes,
qui auroient passé pour très ignorans, si des
Savans les avoient précédés. De sorte que,
quand je lui demandois pourquoi donc il lisoit
les ouvrages d'autrui, il me répondoit que
c'étoit pour connoître les larcins d'autrui, et
que, s'il eût été juge de ces sortes de crimes,
il y auroit établi des peines plus rigoureuses
que celles dont on punit les voleurs de grands
chemins ; à cause que, la gloire étant quelque
chose de plus précieux qu'un habit, qu'un
cheval, et même que de l'or, ceux qui s'en ac-
quièrent par des livres qu'ils composent de ce
qu'ils dérobent chez les autres étoient comme
ces voleurs de grands chemins, qui se parent
aux dépens de ceux qu'ils dévalisent ; et que,
si chacun eût travaillé à ne dire que ce qui
n'eût point été dit, les bibliothèques eussent
été moins grosses, moins embarrassantes, plus

utiles, et la vie de l'homme, quoique très-
courte, eût presque suffi pour lire et savoir
toutes les bonnes choses ; au lieu que, pour en
trouver une qui soit passable, il en faut lire
cent mille, ou qui ne valent rien, ou qu'on a
lues ailleurs une infinité de fois, et qui font
cependant consumer le temps inutilement et
désagréablement.

Néanmoins, il ne blâmoit jamais un ouvrage absolument, quand il y trouvoit quelque chose de nouveau ; parce qu'il disoit que
c'étoit un accroissement de bien aussi grand
pour la République des Lettres que la découverte des terres nouvelles est utile aux an-
ciennes : et la nation des Critiques lui sembloit d'autant plus insupportable, qu'il attri-
buoit à l'envie et au dépit qu'ils avoient de se
voir incapables d'aucune entreprise (qui est
toujours louable, quand bien l'effet n'y répon-
droit pas entièrement), la passion qu'ils font
paroître à reprendre les autres. *Non ego
paucis*, disoit-il,

Non ego paucis
Offendar maculis quas aut incuria fudit
Aut humana parum cavit natura.

« Et, en effet, si on souffre bien des ombres
dans un tableau, pourquoi ne pas souffrir dans
un Livre quelques endroits moins forts que
d'autres, puisque, par la règle des contraires,
le noir sert quelquefois à faire davantage
briller le blanc ? »

Cependant, comme il n'avoit que des sentimens extraordinaires, aucun des ses ouvrages
n'a été mis entre les communs. Son *Agrippine*
commence, continue, et finit d'une manière
que d'autres n'avoient point encore pratiquée.
L'élocution y est toute poétique, le sujet bien
choisi, les rôles fort beaux, les sentimens
romains dans une vigueur digne d'un si grand
nom, l'intrigue merveilleuse, la surprise
agréable, le dénoûment clair, et la règle des
vingt-quatre heures si régulièrement obser

vée, que cette Pièce peut passer pour un mo-
dèle de Poëme dramatique.

Mais en quoi particulièrement il étoit admirable, c'est que du sérieux il passoit au plaisant, et y réussissoit également. Sa comédie
du *Pédant joué* en est une preuve très-forte et
très-agréable ; de même que plusieurs de ses
autres ouvrages ; témoignage très-fidèle de
l'universalité de son bel esprit. Son *Histoire
de l'Étincelle et de la République du Soleil*, où,
en même style qu'il a prouvé la Lune habitable, il prouvoit le sentiment des pierres,
l'instinct des plantes, et le raisonnement des
brutes, étoit encore au-dessus de tout cela, et
j'avois résolu de la joindre à celle-ci ; mais un
voleur, qui pilla son coffre pendant sa maladie, m'a privé de cette satisfaction, et toi, de
ce surcroît de divertissement.

Enfin, Lecteur, il passa toujours pour un
homme d'esprit très rare ; à quoi la Nature
joignit tant de bonheur du côté des sens, qu'il
se les soumit toujours autant qu'il voulut ; de

sorte qu'il ne but du vin que rarement, à
cause, disoit-il, que son excès abrutit, et qu'il
falloit être autant sur la précaution à son
égard que de l'arsenic (c'étoit à quoi il le
comparoit), parce qu'on doit tout appréhender
de ce poison, quelque préparation qu'on y
apporte ; quand même il n'y auroit à en
craindre que ce que le vulgaire nomme *qui
pro quo*, qui le rend toujours dangereux. Il
n'étoit pas moins modéré dans son manger,
dont il bannissoit les ragoûts tant qu'il pouvoit, dans la croyance que le plus simple
vivre, et le moins mixtionné, étoit le meil-
leur : ce qu'il confirmoit par l'exemple des
hommes modernes, qui vivent si peu ; au
contraire de ceux des premiers siècles, qui
semblent n'avoir vécu si longtemps qu'à cause
de la simplicité de leurs repas.

Quippe aliter tunc orbe novo cœloque recenti
Vivebant homines.

Il accompagnoit ces deux qualités d'une si
grande retenue envers le beau sexe, qu'on
peut dire qu'il n'est jamais sorti du respect
que le nôtre lui doit ; et il avoit joint à tout
cela une si grande aversion pour tout ce qui
lui sembloit intéressé, qu'il ne put jamais
s'imaginer ce que c'étoit de posséder du bien
en particulier, le sien étant moins à lui qu'à
ceux de sa connoissance qui en avoient
besoin. Aussi le ciel, qui n'est point ingrat,
voulut que d'un grand nombre d'amis qu'il
eut pendant sa vie, plusieurs l'aimassent jusqu'à la mort, et quelques-uns même par delà.

Je me doute, Lecteur, que ta curiosité, pour
sa gloire et ma satisfaction, demande que
j'en consigne les noms à la postérité ; et j'y
défère d'autant plus volontiers, que je ne t'en
nommerai aucun qui ne soit d'un mérite
extraordinaire, tant il les avoit bien su choisir. Plusieurs raisons, et principalement
l'ordre du temps, veulent que je commence
par Monsieur de Prade, en qui la belle science

égaloit un grand cœur et beaucoup de bonté ;
que son admirable histoire de France fait si
justement nommer le Corneille Tacite des
François, et qui sut tellement estimer les
belles qualités de Monsieur de Bergerac, qu'il
fut après moi le plus ancien de ses amis et un
de ceux qui le lui a témoigné le plus obli-
geamment en une infinité de rencontres.
L'illustre Cavois, qui fut tué à la bataille de
Lens, et le vaillant Brissailles, Enseigne des
Gendarmes de Son Altesse Royale, furent
non seulement les justes estimateurs de ses
belles actions, mais encore ses glorieux té-
moins, et ses fidèles compagnons en quelques-
unes. J'ose dire que mon frère et Monsieur
Zeddé, qui se connoissent en braves, et qui
l'ont servi, et en ont été servis dans quelques
occasions souffertes en ce temps-là aux gens
de leur métier, égaloient son courage à celui
des plus vaillans ; et, si ce témoignage étoit
suspect, à cause de la part qu'y a mon frère,
je citerois encore un brave de la plus haute

classe, je veux dire Monsieur Duret de Mon-
chenin, qui l'a trop bien connu et trop estimé,
pour ne pas confirmer ce que j'en dis. J'y puis
ajouter Monsieur de Bourgogne, Mestre de
Camp du Régiment d'Infanterie de Monsei-
gneur le Prince de Conti ; puisqu'il vit le
combat surhumain dont j'ai parlé, et que le
témoignage qu'il en rendit avec le nom d'*in-
trépide*, qu'il lui en donna toujours depuis, ne
permet pas qu'il en reste l'ombre du moindre
doute, au moins à ceux qui ont connu Monsieur de Bourgogne, qui étoit trop savant à
bien faire le discernement de ce qui mérite
de l'estime, d'avec ce qui n'en mérite point,
et dont le génie étoit trop universellement
beau pour se tromper dans une chose de cette
nature. Monsieur de Chavagne, qui court toujours avec une si agréable impétuosité au-
devant de ceux qu'il veut obliger ; cet illustre
Conseiller Monsieur de Longueville-Gontier,
qui a toutes les qualités d'un homme achevé ;
Monsieur de Saint-Gilles, en qui l'effet suit

toujours l'envie d'obliger, et qui n'est pas
un petit témoin de son courage et de son
esprit ; Monsieur de Lignières, dont les pro-
ductions sont les effets d'un parfaitement beau
feu ; Monsieur de Châteaufort, en qui la mémoire et le jugement sont si admirables, et
l'application si heureuse d'une infinité de
belles choses qu'il sait ; Monsieur de Billettes,
qui n'ignoroit rien, à ving-trois ans, de ce que
les autres font gloire de savoir à cinquante ;
Monsieur de la Morlière, dont les mœurs sont
si belles, et la façon d'obliger si charmante ;
Monsieur le Comte de Brienne, de qui le bel
esprit répond si bien à sa grande naissance ;
eurent pour lui toute l'estime qui fait la véritable amitié, dont à l'envi ils prirent plaisir
de lui donner des marques très sensibles. Je
ne particulariserai rien de ce fort esprit, de ce
tout savant, de cet infatigable à produire tant
bonnes et si utiles choses, Monsieur l'Abbé
de Villeloin, parce que je n'ai pas eu l'honneur de le pratiquer ; mais je puis assurer

que Monsieur de Bergerac s'en louoit extrêmement, et qu'il en avoit reçu plusieurs témoignages de beaucoup de bonté.

J'aurois ajouté que, pour complaire à ses
amis qui lui conseilloient de se faire un Patron qui l'appuyât à la Cour, ou ailleurs, il
vainquit le grand amour qu'il avoit pour sa
liberté, et que, jusqu'au jour qu'il reçut à la
tête le coup dont j'ai parlé, il demeura auprès
de Monsieur le Duc d'Arpajon, à qui même il
dédia tous ses Ouvrages ; mais, parce que
dans sa maladie il se plaignit d'en avoir été
abandonné, j'ai cru ne pas devoir décider si ce
fut par un effet du malheur général pour tous
les petits, et commun à tous les grands, qui
ne se souviennent des services qu'on leur
rend que dans le temps qu'ils les reçoivent ;
ou si ce n'étoit point un secret du Ciel, qui,
voulant l'ôter sitôt du monde, vouloit aussi
lui inspirer le peu de regret qu'on doit avoir
de quitter ce qui nous semble de plus beau,
et qui pourtant ne l'est pas toujours.

Je ferois tort à Monsieur Rohault, si je
n'ajoutois son nom sur une liste si glorieuse,
puisque cet illustre Mathématicien, qui a tant
fait de belles épreuves physiques, et qui n'est
pas moins aimable pour sa bonté et sa mo-
destie que relevé au-dessus du commun par
sa science, eut tant d'amitié pour Monsieur de
Bergerac, et s'intéressa de telle sorte pour ce
qui le touchoit, qu'il fut le premier qui dé-
couvrit la véritable cause de sa maladie, et
qui rechercha soigneusement, avec tous ses
amis, le moyen de l'en délivrer ; mais Monsieur des l'oisclairs, qui jusque dans ses
moindres actions n'a rien que d'héroïque,
crut trouver en Monsieur de Bergerac une
trop belle occasion de satisfaire sa générosité,
pour en laisser la gloire aux autres, qu'il ré-
solut de prévenir, et qu'il prévint en effet,
dans une conjoncture d'autant plus utile à son
ami, que l'ennui de sa longue captivité le
menaçoit d'une prompte mort, dont une violente fièvre avoit même déjà commencé le

triste prélude. Mais cet ami sans pair l'inter-
rompit, par un intervalle de quatorze mois,
qu'il le garda chez lui, et il eût eu, avec la
gloire que méritent tant de grands soins et
tant de bons traitemens qu'il lui fit, celle de
lui avoir conservé la vie, si ses jours n'eussent été comptés et bornés à la trente-cin-
quième année de son âge, qu'il finit à la campagne chez Monsieur de Cyrano son cousin,
dont il avoit reçu de grands témoignages
d'amitié, de qui les conversations, si savantes
dans l'Histoire du temps présent et du passé,
lui plaisoient extrèmement, et chez qui, par
une affectation de changer d'air qui précède
la mort, et qui en est un symptôme presque
certain dans la plupart des malades, il se fit
porter, cinq jours avant de mourir.

Je crois que c'est rendre à Monsieur le
Maréchal de Gassion une partie de l'honneur
qu'on doit à sa mémoire, de dire qu'il aimoit
les gens d'esprit et de cœur, parce .qu'il se
connoissoit en tous les deux, et que, sur le

récit que Messieurs de Cavois et de Cuigy lui
firent de Monsieur de Bergerac, il le voulut
avoir auprès de lui. Mais la liberté dont il
étoit encore idolâtre (car il ne s'attacha que
longtemps après à M. d'Arpajon) ne put jamais
lui faire considérer un si grand homme que
comme un maître ; de sorte qu'il aima mieux
n'en être pas connu et être libre, que d'en
être aimé et être contraint ; et même cette
humeur, si peu soucieuse de la fortune, et
si peu des gens du temps, lui fit négliger
plusieurs belles connoissances que la Révé-
rende Mère Marguerite, qui l'estimoit particulièrement, voulut lui procurer ; comme s'il
eût pressenti que ce qui fait le bonheur de
cette vie lui eût été inutile pour s'assurer
celui de l'autre. Ce fut le seule pensée qui
l'occupa sur la fin de ses jours d'autant plus
que madame de Neuvillette, cette femme
toute pieuse, toute charitable, toute à son
prochain, parce qu'elle est toute à Dieu, et de
qui il avoit l'honneur d'être parent du côté de

la noble famille des Bérangers, y contribua, de sorte qu'enfin le libertinage, dont les jeunes gens sont pour la plupart soupçonnés, lui parut un monstre, pour lequel je puis témoigner qu'il eut depuis cela toute l'aversion qu'en doivent avoir ceux qui veulent vivre chrétiennement.

J'augurai ce grand changement, quelque temps avant sa mort, de ce que, lui ayant un jour reproché la mélancolie qu'il témoignoit dans les lieux où il avoit accoutumé de dire les meilleures et les plus plaisantes choses, il me répondit que c'étoit à cause que, commençant à connoître le monde, il s'en désabusoit ; et qu'enfin il se trouvoit dans un état où il prévoyoit que dans peu la fin de sa vie seroit la fin de ses disgrâces ; mais qu'en vérité son plus grand déplaisir étoit de ne l'avoir pas mieux employée :

Jam Juvenem vides,

me dit-il,

instet cum serior ætas,

Mœrentem stultos præteriisse dies.

« Et en vérité, ajouta-t-il, je crois que
Tibulle prophétisoit de moi, quand il parloit
de la sorte; car personne n'eut jamais tant de
regret que j'en ai de tant de beaux jours passés
si inutilement. »

Tu me dois pardonner cette digression,
Lecteur, et si je me suis si fort étendu sur le
mérite d'un ami, sa mort m'exempte du blâme
que j'aurois encouru de l'avoir voulu flatter,
outre que de si belles choses ne sauroient
jamais déplaire. Pour donc reprendre la suite
des autorités sur lesquelles il s'est fondé, je
dis que le démon dont il se fait servir si uti-
lement pendant son séjour dans la Lune n'est
pas une chose inouïe, puisque Thalès et
Héraclite ont dit que le monde en étoit rempli; outre ce qu'on a publié de ceux de Socrate, de Dion, de Brutus, et de plusieurs
autres. La pluralité des mondes, dont il a
parlé, est appuyée sur le sentiment de Démo-

crite, qui l'a soutenue ; de même que l'infini et les petits corps ou atomes, dont il a discouru en quelques endroits après ce Philosophe, Épicure, et Lucrèce.

Le mouvement qu'il donne à la Terre n'est pas nouveau, puisque Pythagore, Philolaüs, et Aristarque, soutinrent autrefois qu'elle tournoit autour du Soleil, qu'ils mettoient au centre du monde. Leucippe, et plusieurs autres ont presque dit la même chose ; mais Copernic, dans le dernier siècle, l'a soutenue plus hautement que tous, puisqu'il a changé le système de Ptolomée, auparavant suivi de tous les Astronomes, dont la plupart approuvent aujourd'hui celui de Copernic, d'autant plus simple et plus aisé, qu'il met le Soleil au centre du Monde, la Terre entre les Planètes, à la place que Ptolomée y donne au Soleil, c'est-à-dire qu'il fait mouvoir autour du Soleil la sphère de Mercure, puis celle de Vénus, puis celle de la Terre, au bord de laquelle il met un Epicicle, sur lequel il fait tourner la

Lune autour de la Terre, et achever sa révolution en vingt-sept jours, outre celle qu'il lui fait faire avec la même Terre autour du Soleil en un an.

Je te confesserai toutefois, Lecteur, que ce changement m'est indifférent, parce que je ne professe point ces Sciences, qui sont trop abstraites pour moi ; et je te proteste que tout ce que j'en sais ne consiste qu'en quelques termes que me fournit la mémoire de quelque lecture des ouvrages qui en traitent. C'est pourquoi je déclare que, par ce que j'ai dit de Copernic, je n'ai point prétendu offenser Ptolomée ; il me suffit que *Cœli enarrant gloriam Dei*, et que leur admirable structure me prouve qu'ils ne sont point l'ouvrage de la main des hommes. Quoi qu'en ait dit Ptolomée, ils ne sont que ce qu'ils ont toujours été ; et, quelque changement qu'y ait apporté Copernic, ils sont demeurés dans le même lieu et dans la même fonction que leur a donnés l'Être Souverain, qui, sans changer, peut seul changer toutes choses. J'ai dit, au commencement de ce discours, le sujet qui me l'a fait entreprendre ; et, dans la suite, on peut connoître comment et pourquoi j'ai cité tous ces Savans. Je te prie, Lecteur, de t'en souvenir, afin de justifier le peu ou point de déférence que j'ai pour tout ce qui peut commettre la vérité de ma croyance avec les imaginations d'autrui.

L......

VOYAGE DANS LA LUNE

VOYAGE DANS LA LUNE

La Lune étoit en son plein, le Ciel étoit découvert, et neuf heures du soir étoient sonnées, lorsque, revenant de Clamard, près Paris (où Monsieur de Cuigy le fils, qui en est Seigneur, nous avoit régalés plusieurs de mes amis et moi), les diverses pensées que nous donna cette boule de safran nous défrayèrent sur le chemin : de sorte que, les yeux noyés dans ce grand Astre, tantôt l'un le prenoit pour une lucarne

du Ciel, tantôt un autre assuroit que c'étoit
la platine où Diane dresse les rabats d'A-
pollon ; un autre, que ce pouvoit bien être
le Soleil lui-même, qui, s'étant au soir dé-
pouillé de ses rayons, regardoit par un
trou ce qu'on faisoit au monde, quand il
n'y étoit pas. « Et moi, leur dis-je, qui souhaite mêler mes enthousiasmes aux vôtres,
je crois, sans m'amuser aux imaginations
pointues dont vous chatouillez le Temps
pour le faire marcher plus vite, que la
Lune est un monde comme celui-ci ; à
qui le nôtre sert de Lune. » Quelques-
uns de la compagnie me régalèrent d'un
grand éclat de rire. « Ainsi peut-être,
leur dis-je, se moque-t-on maintenant,
dans la Lune, de quelque autre, qui sou-
tient que ce globe-ci est un monde. »
Mais j'eus beau leur alléguer que plusieurs grands hommes avoient été de

cette opinion, je ne les obligeai qu'à rire de plus belle.

Cette pensée cependant, dont la hardiesse biaisoit à mon humeur, affermie par la con-tradiction, se plongea si profondément chez moi, que, pendant tout le reste du chemin, je demeurai gros de mille définitions de Lune, dont je ne pouvois accoucher : de sorte qu'à force d'appuyer cette croyance burlesque par des raisonnements presque sérieux, il s'en falloit peu que je n'y dé-férasse déjà, quand le miracle ou l'accident, la providence, la fortune, ou peut-être ce qu'on nommera vision, fiction, chimère, ou folie, si on veut, me fournit l'occasion qui m'engagea à ce discours. Étant arrivé chez moi, je montai dans mon cabinet, où je trouvai sur la table un livre ouvert que je n'y avois point mis. C'étoit celui de Cardan ; et quoique je n'eusse pas dèssein d'y lire, je tombai de la vue, comme par force, justement sur une histoire de ce Philosophe qui dit, qu'étudiant un soir à la chandelle, il aperçut entrer, au travers des portes fermées, deux grands vieillards, lesquels, après beaucoup d'interrogations qu'il leur fit, répondirent qu'ils étoient habitants de la Lune, et en même temps disparurent. Je demeurai si surpris, tant de voir un livre qui s'étoit apporté là tout seul, que du temps et de la feuille où il s'étoit rencontré ouvert, que je pris toute cette enchaînure d'incidens pour une inspiration de faire connoître aux hommes que la Lune est un monde. « Quoi ! disois-je en moi-même, après avoir tout aujourd'hui parlé d'une chose, un livre qui est peut-être le seul au monde où cette manière se traite si particulièrement, voler de ma bibliothèque sur ma table, devenir capable de raison, pour s'ouvrir justement à l'endroit d'une aventure si merveilleuse ; entraîner mes yeux dessus, comme par force, et fournir ensuite à ma fantaisie les réflexions, et à ma volonté les desseins que je fais ! — Sans doute, continuois-je, les deux vieillards qui apparurent à ce grand homme sont ceux-là mêmes qui ont dérangé mon livre, et qui l'ont ouvert sur cette page pour s'épargner la peine de me faire la harangue qu'ils ont faite à Cardan. — Mais, ajoutois-je, je ne saurois m'éclaircir de ce doute, si je ne monte jusque-là ? — Et pourquoi non ? me répondois-je aussitôt. Prométhée fut bien autrefois au Ciel y dérober du feu. Suis-je moins hardi que lui ? et ai-je lieu de n'en pas espérer un succès aussi favorable ? »

A ces boutades, qu'on nommera peut-être des accès de fièvre chaude, succéda l'espérance de faire réussir un si beau voyage :

de sorte que je m'enfermai, pour en venir
à bout, dans une maison de campagne assez
écartée, où, après avoir flatté mes rêveries
de quelques moyens proportionnés à mon
sujet, voici comment je montai au Ciel.

J'avois attaché autour de moi quantité de
fioles pleines de rosée, sur lesquelles le
Soleil dardoit ses rayons si violemment,
que la chaleur, qui les attiroit, comme elle
fait les plus grosses nuées, m'éleva si haut,
qu'enfin je me trouvai au-dessus de la
moyenne région. Mais, comme cette attrac-
tion me faisoit monter avec trop de rapidité,
et qu'au lieu de m'approcher de la Lune,
comme je prétendois, elle me paroissoit
plus éloignée qu'à mon départ, je cassai
plusieurs de mes fioles, jusqu'à ce que je
sentis que ma pesanteur surmontoit l'at-
traction, et que je redescendois vers la
terre. Mon opinion ne fut point fausse, car

j'y retombai quelque temps après ; et, à compter de l'heure que j'en étois parti, il devoit être minuit. Cependant je reconnus que le Soleil étoit alors au plus haut de l'horizon, et qu'il étoit là midi. Je vous laisse à penser combien je fus étonné ; certes, je le fus de si bonne sorte, que, ne sachant à quoi attribuer ce miracle, j'eus l'insolence de m'imaginer qu'en faveur de ma hardiesse, Dieu avoit encore une fois recloué le Soleil aux cieux, afin d'éclairer une si généreuse entreprise. Ce qui accrut mon étonnement, ce fut de ne point connaître le pays où j'étais, vu qu'il me sembloit qu'étant monté droit, je devois être descendu au même lieu d'où j'étois parti. Équipé pourtant comme j'étais, je m'acheminai vers une espèce de chaumière, où j'aperçus de la fumée ; et j'en étois à peine à une portée de pistolet, que je me vis en-

touré d'un grand nombre d'hommes tout
nus. Ils parurent fort surpris de ma rencontre ; car j'étois le premier, à ce que je
pense, qu'ils eussent jamais vu habillé de
bouteilles. Et, pour renverser encore toutes
les interprétations qu'ils auroient pu donner
à cet équipage, ils voyoient qu'en marchant
je ne touchois presque point à la terre :
aussi ne savoient-ils pas qu'au moindre
branle que je donnois à mon corps, l'ardeur
des rayons de midi me soulevoit avec ma
rosée, et que, sans que mes fioles n'étoient
plus en assez grand nombre, j'eusse été
possible à leur vue enlevé dans les airs. Je
les voulus aborder ; mais, comme si la
frayeur les eût changés en oiseaux, un
moment les vit perdre dans la forêt pro-
chaine. J'en attrapai un toutefois, dont les
jambes sans doute avoient trahi le cœur.
Je lui demandai, avec bien de la peine (car

j'étois tout étouffé), combien l'on comptoit
de là à Paris, et depuis quand en France
le monde alloit tout nu, et pourquoi ils me
fuyoient avec tant d'épouvante. Cet homme,
à qui je parlois, étoit un vieillard olivâtre
qui d'abord se jeta à mes genoux ; et,
joignant les mains en haut derrière la tête,
ouvrit la bouche et ferma les yeux. Il mar-
motta longtemps entre ses dents, mais je
ne discernai point qu'il articulât rien : de
façon que je pris son langage pour le
gazouillement enroué d'un muet.

A quelque temps de là, je vis arriver une
compagnie de soldats tambour battant, et
j'en remarquai deux se séparer du gros,
pour me reconnoître. Quand ils furent assez
proches pour être entendu, je leur demandai
où j'étois. « Vous êtes en France, me ré-
pondirent-ils ; mais quel Diable vous a mis
en cet état ? et d'où vient que nous ne vous

connoissons point? Est-ce que les vaisseaux
sont arrivés? En allez-vous donner avis à
monsieur le Gouverneur? et pourquoi avez-
vous divisé votre eau-de-vie en tant de
bouteilles? » A tout cela, je leur repartis
que le Diable ne m'avoit point mis en cet
état; qu'ils ne me connoissoient pas, à
cause qu'ils ne pouvoient pas connoître tous
les hommes; que je ne savois point que la
Seine portât de Navires à Paris; que je
n'avois point d'avis à donner à Monsieur le
mareschal de l'Hôpital; et que je n'étois
point chargé d'eau-de-vie. « Ho, ho, me
dirent-ils, me prenant les bras, vous faites
le gaillard? Monsieur le Gouverneur vous
connoîtra bien, lui! » Ils me menèrent vers
leur gros, où j'appris que j'étois véritablement en France, mais en la Nouvelle, de
sorte qu'à quelque temps je fus présenté au
Vice-Roi, qui me demanda mon pays, mon

nom et ma qualité; et après que je l'eus satisfait, lui contant l'agréable succès de mon voyage, soit qu'il le crût, soit qu'il feignît de le croire, il eut la bonté de me faire donner une chambre dans son appartement. Mon bonheur fut grand de rencontrer un homme capable de hautes opinions, et qui ne s'étonna point, quand je lui dis qu'il falloit que la Terre eût tourné pendant mon élévation, puisque, ayant commencé de monter à deux lieues de Paris, j'étois tombé, par une ligne quasi perpendiculaire, en Canada.

Le soir, comme je m'allois coucher, il entra dans ma chambre, et me dit : « Je ne serois pas venu interrompre votre repos, si je n'avois cru qu'une personne qui a pu trouver le secret de faire tant de chemin en un demi-jour n'ait pas eu aussi celui de ne se point lasser. Mais vous ne savez pas,

ajouta-t-il, la plaisante querelle que je viens
d'avoir pour vous avec nos Pères ? Ils veulent absolument que vous soyez magicien ;
et la plus grande grâce que vous puissiez
obtenir d'eux est de ne passer que pour
imposteur. Et, en effet, ce mouvement que
vous attribuez à la Terre est un paradoxe
assez délicat ; et, pour moi, je vous dirai
franchement que ce qui fait que je ne suis
pas de votre opinion, c'est qu'encore qu'hier
vous soyez parti de Paris, vous pouvez être
arrivé aujourd'hui en cette contrée, sans
que la Terre ait tourné ; car le Soleil, vous
ayant enlevé par le moyen de vos bouteilles,
ne doit-il pas vous avoir amené ici, puisque
selon Ptolomée et les Philosophes modernes, il chemine du biais que vous faites
marcher la Terre ? Et puis, quelle grande
vraisemblance avez-vous, pour vous figurer
que le Soleil soit immobile, quand nous le

voyons marcher ? et quelle apparence que
la Terre tourne avec tant de rapidité, quand
nous la sentons ferme dessous nous ? —
Monsieur, lui répliquai-je, voici les raisons
à peu près qui nous obligent à le préjuger.
Premièrement, il est du sens commun de
croire que le Soleil a pris la place au centre
de l'univers, puisque tous les corps qui sont
dans la Nature ont besoin de ce feu radical ;
qu'il habite au cœur de ce Royaume, pour
être en état de satisfaire promptement à la
nécessité de chaque partie, et que la cause
des générations soit placée au milieu de
tous les corps, pour y agir également et
plus aisément : de même que la sage Nature a placé les parties génitales dans
l'homme, les pepins dans le centre des
pommes, les noyaux au milieu de leur fruit ;
et de même que l'oignon conserve, à l'abri
de cent écorces qui l'environnent, le pré-

cieux germe où dix millions d'autres ont à
puiser leur essence ; car cette pomme est un
petit univers à soi-même, dont le pepin,
plus chaud que les autres parties, est le soleil, qui répand autour de soi la chaleur,
conservatrice de son globe ; et ce germe,
dans cette opinion, est le petit Soleil de ce
petit monde, qui réchauffe et nourrit le sel
végétatif de cette petite masse. Cela donc
supposé, je dis que la Terre ayant besoin
de la lumière, de la chaleur, et de l'influence de ce grand feu elle tourne autour de
lui pour recevoir également en toutes ses
parties cette vertu qui la conserve. Car il
seroit aussi ridicule de croire que ce grand
corps lumineux tournât autour d'un point
dont il n'a que faire que de s'imaginer,
quand nous voyons une alouette rôtie,
qu'on a, pour la cuire, tourné la cheminée
alentour. Autrement si c'étoit au Soleil à

faire cette corvée, il sembleroit que la médecine eût besoin du malade ; que le fort
dût plier sous le foible ; le grand servir au
petit ; et qu'au lieu qu'un vaisseau cingle le
long des côtes d'une Province, la Province
tourneroit autour du vaisseau. Que si vous
avez peine à comprendre comme une masse
si lourde se peut mouvoir, dites-moi, je
vous prie, les Astres et les Cieux, que
vous faites si solides, sont-ils plus légers ?
Encore est-il plus aisé à nous, qui sommes
assurés de la rondeur de la Terre, de conclure son mouvement par sa figure. Mais
pourquoi supposer le Ciel rond, puisque
vous ne le sauriez savoir, et que, de toutes
les figures, s'il n'a pas celle-ci il est certain
qu'il ne se peut mouvoir ? Je ne vous reproche point vos excentêques, ni vos épici-
cles ; lesquels vous ne sauriez expliquer
que très confusément, et dont je sauve mon

système. Parlons seulement des causes
naturelles de ce mouvement. Vous êtes
contraints, vous autres, de recourir aux in-
telligences qui remuent et gouvernent vos
globes ? Mais moi, sans interrompre le
repos du Souverain Être, qui sans doute a
créé la Nature toute parfaite, et de la sa-
gesse duquel il est de l'avoir achevée, de
telle sorte que, l'ayant accomplie pour une
chose, il ne l'ait pas rendue défectueuse
pour une autre ; je dis que les rayons du
Soleil, avec ses influences, venant à frapper
dessus, par leur circulation, la font tourner,
comme nous faisons tourner un globe en le
frappant de la main ; ou de même que les
fumées, qui s'évaporent continuellement de
son sein, du côté que le Soleil la regarde,
répercutées par le froid de la moyenne région, rejaillissent dessus, et de nécessité,
ne la pouvant frapper que de biais, la font

ainsi pirouetter. L'explication des deux
autres mouvements est encore moins em-
brouillée. Considérez un peu, je vous
prie... » A ces mots, le Vice-Roi m'inter-
rompit : « J'aime mieux, dit-il, vous dis-
penser de cette peine ; aussi bien, ai-je lu,
sur ce sujet, quelques Livres de Gassendi,
mais à la charge que vous écouterez ce que
me répondit un jour un de nos Pères, qui
soutenoit votre opinion : « En effet, disoit-
il, je m'imagine que la Terre tourne, non
point pour les raisons qu'allègue Copernic,
mais pour ce que, le feu d'enfer étant enclos
au centre de la terre, les damnés, qui veulent fuir l'ardeur de sa flamme, gravissent,
pour s'en éloigner, contre la voûte, et font
ainsi tourner la Terre, comme un chien fait
tourner une roue, lorsqu'il court enfermé
dedans. »

Nous louâmes quelque temps cette pen-

sée, comme un pur zèle de ce bon Père, et
enfin le Vice-Roi me dit qu'il s'étonnait fort,
vu que le système de Ptolomée était si peu
probable, qu'il eût été si généralement
reçu. « Monsieur, lui répondis-je, la plupart des hommes, qui ne jugent que par
les sens, se sont laissé persuader à leurs
yeux, et de même que celui dont le vaisseau
vogue terre à terre croit demeurer immobile, et que le rivage chemine, ainsi les
hommes, tournant avec la Terre autour du
Ciel, ont cru que c'étoit le Ciel lui-même
qui tournoit autour d'eux Ajoutez à cela
l'orgueil insupportable des humains, qui
se persuadent que la Nature n'a été faite
que pour eux, comme s'il étoit vraisemblable que le Soleil, un grand corps quatre
cent trente-quatre fois plus vaste que la
terre, n'eût été allumé que pour mûrir ses
nèfles; et pommer ses choux. Quant à moi,

bien loin de consentir à leur insolence, je crois que les Planètes sont des mondes autour du Soleil, et que les étoiles fixes sont aussi des Soleils qui ont des Planètes autour d'eux, c'est-à-dire, des mondes que nous ne voyons pas d'ici à cause de leur petitesse, et parce que leur lumière empruntée ne sauroit venir jusqu'à nous. Car comment, en bonne foi, s'imaginer que ces globes si spacieux ne soient que de grandes campagnes désertes, et que le nôtre, à cause que nous y campons, ait été bâti pour une douzaine de petits superbes? Quoi! parce que le Soleil compasse nos jours et nos années, est-ce à dire, pour cela, qu'il n'ait été construit qu'afin que nous ne frappions pas de la tête contre les murs? Non, non, si ce Dieu visible éclaire l'homme, c'est par accident, comme le flambeau du Roi éclaire par accident au Crocheteur qui passe dans la rue.

— Mais, me dit-il, si, comme vous assurez, les étoiles fixes sont autant de Soleils, on pourroit conclure de là que le monde seroit infini, puisqu'il est vraisemblable que les peuples de ce monde qui sont autour d'une étoile fixe, que vous prenez pour un Soleil, découvrent encore au-dessus d'eux d'autres étoiles fixes que nous ne saurions apercevoir d'ici, et qu'il en va de cette sorte à l'infini. — N'en doutez point, lui répliquai-je; comme Dieu a pu faire l'âme immortelle, il a pu faire le monde infini, s'il est vrai que l'éternité n'est rien autre chose qu'une durée sans bornes, et l'infini, une étendue sans limites. Et puis, Dieu seroit fini lui-même, supposé que le monde ne fût pas infini, puisqu'il ne pourroit pas être où il n'y auroit rien, et qu'il ne pourroit accroître la grandeur du monde, qu'il n'ajoutât quelque chose à sa propre étendue, commençant d'être où il n'étoit pas auparavant. Il faut donc croire que, comme nous voyons d'ici Saturne et Jupiter, si nous étions dans l'un ou dans l'autre, nous découvririons beaucoup de mondes que nous n'apercevons pas, et que l'univers est à l'infini construit de cette sorte. — Ma foi ! me répliqua-t-il, vous avez beau dire, je ne saurois du tout comprendre cet infini. — Hé ! dites-moi, lui repartis-je, comprenez-vous le rien qui est au delà ? Point du tout. Car, quand vous songez à ce néant, vous vous l'imaginez tout au moins comme du vent ou comme de l'air, et cela, c'est quelque chose ; mais l'infini, si vous ne le comprenez en général, vous le concevez au moins par parties, puisqu'il n'est pas difficile de se figurer, au delà de ce que nous voyons de terre et d'air, du feu, d'autre air,

et d'autre terre. Or, l'infini n'est rien qu'une
tissure sans bornes de tout cela. Que si
vous me demandez de quelle façon ces
mondes ont été faits, vu que la Sainte Écri-
ture parle seulement d'un que Dieu créa,
je réponds que je ne dispute plus ; car, si
vous voulez m'obliger à vous rendre raison
de ce que me fournit mon imagination,
c'est m'ôter la parole, et m'obliger de vous
confesser que mon raisonnement le cédera
toujours en ces sortes de choses à la Foi. »
Il me dit qu'à la vérité sa demande étoit
blâmable, mais que je reprisse mon idée.
« De sorte, ajoutai-je, que tous ces autres
mondes qu'on ne voit point, ou qu'on ne
voit qu'imparfaitement, ne sont rien que
l'écume des Soleils qui se purgent. Car
comment ces grands feux pourroient-ils
subsister, s'ils n'étoient attachés à quelque
matière qui les nourrit? Or, de même que

le feu pousse loin de chez soi la cendre dont
il est étouffé ; de même que l'or, dans le
creuset, se détache, en s'affinant, du mar-
cassite qui affoiblit son carat, et de même
encore que notre cœur se dégage, par le
vomissement, des humeurs indigestes qui
l'attaquent; ainsi ces Soleils dégorgent
tous les jours et se purgent des restes de la
matière qui nouoit leur feu. Mais, lorsqu'ils
auront tout à fait consumé cette matière
qui les entretient, vous ne devez point
douter qu'ils ne se répandent de tous côtés
pour chercher une autre pâture, et qu'ils
ne s'attachent à tous les mondes qu'ils
auront construits autrefois, à ceux particulièrement qu'ils rencontreront les plus
proches; alors ces grands feux, rebouillant
tous les corps, les rechasseront pêle-mêle
de toutes parts comme auparavant, et,
s'étant peu à peu purifiés, ils commenceront

de servir de Soleils à d'autres petits mondes
qu'ils engendreront en les poussant hors
de leurs Sphères. Et c'est ce qui a fait sans
doute prédire aux Pithagoriciens l'embra-
sement universel. Ceci n'est pas une imagination ridicule : la Nouvelle-France, où
nous sommes, en produit un exemple bien
convaincant. Ce vaste continent de l'Amé-
rique est une moitié de la Terre, laquelle,
en dépit de nos prédécesseurs, qui avoient
mille fois cinglé l'Océan, n'avoit point été
encore découverte ; aussi n'y étoit-elle pas
encore, non plus que beaucoup d'îles, de
péninsules, et de montagnes, qui se sont
soulevées sur notre globe, quand les rouil-
lures du Soleil qui se nettoyoit ont été
poussées assez loin, et condensées en pelotons assez pesans, pour être attirées par le
centre de notre monde, possible peu à peu,
en particules menues, peut-être aussi tout

à coup en une masse. Cela n'est pas si déraisonnable, que saint Augustin n'y eût applaudi, si la découverte de ce pays eût été faite de son âge ; puisque ce grand personnage, dont le génie étoit fort éclairé, assure que de son temps la Terre étoit plate comme un four, et qu'elle nageoit sur l'eau comme la moitié d'une orange coupée. Mais, si j'ai jamais l'honneur de vous voir en France, je vous ferai observer, par le moyen d'une lunette excellente, que certaines obscurités, qui d'ici paroissent des taches, sont des mondes qui se construisent. »

Mes yeux, qui se fermoient en achevant ce discours, obligèrent le Vice-Roi de sortir. Nous eûmes, le lendemain et les jours suivans, des entretiens de pareille nature. Mais, comme quelque temps après l'embarras des affaires de la Province

accrocha notre Philosophie, je retombai de
plus belle au dessein de monter à la Lune.

Je m'en allois, dès qu'elle était levée,
rêvant, parmi les bois, à la conduite et à la
réussite de mon entreprise ; et enfin, une
veille de Saint-Jean, qu'on tenoit conseil
dans le Fort pour déterminer si l'on don-
neroit secours aux Sauvages du pays contre
les Iroquois, je m'en allai tout seul, derrière notre habitation, au coupeau d'une
petite montagne, où voici ce que j'exécutai.
J'avois fait une machine que je m'imagi-
nois capable de m'élever autant que je
voudrois, en sorte que, rien de tout ce que
j'y croyois nécessaire n'y manquant, je
m'assis dedans, et me précipitai en l'air,
du haut d'une roche. Mais, parce que je
n'avois pas bien pris mes mesures, je cul-
butai rudement dans la vallée. Tout froissé
néanmoins que j'étois, je m'en retournai

dans ma chambre, sans perdre courage, et
je pris de la moelle de bœuf, dont je m'oi-
gnis tout le corps, car j'étois tout meurtri,
depuis la tête jusqu'aux pieds; et, après
m'être fortifié le cœur d'une bouteille d'essence cordiale, je m'en retournai chercher
ma machine; mais je ne la trouvai point,
car certains soldats, qu'on avoit envoyés
dans la forêt couper du bois pour faire le
feu de la Saint-Jean, l'ayant rencontrée par
hasard, l'avoient apportée au Fort, où,
après plusieurs explications de ce que ce
pouvoit être, quand on eut découvert l'invention du ressort, quelques-uns dirent
qu'il y falloit attacher quantité de fusées
volantes, parce que, leur rapidité les ayant
enlevées bien haut, et le ressort agitant ses
grandes ailes, il n'y auroit personne qui ne
prît cette machine pour un dragon de feu.
Je la cherchai longtemps, cependant, mais

5

enfin je la trouvai, au milieu de la place de
Kebec, comme on y mettoit le feu. La douleur de rencontrer l'œuvre de mes mains
en un si grand péril me transporta tellement, que je courus saisir le bras du soldat
qui y allumoit le feu, je lui arrachai sa
mèche, et me jetai tout furieux dans ma
machine pour briser l'artifice dont elle étoit
environnée; mais j'arrivai trop tard, car à
peine y eus-je les deux pieds, que me voilà
enlevé dans la nue. L'horreur dont je fus
consterné ne renversa point tellement les
facultés de mon âme, que je ne me sois
souvenu depuis de tout ce qui m'arriva en
cet instant. Car, dès que la flamme eut
dévoré un rang de fusées, qu'on avoit disposées six à six, par le moyen d'une amorce
qui bordoit chaque demi-douzaine, un autre
étage s'embrasoit, puis un autre; en sorte
que le salpêtre, prenant feu, éteignoit le

péril en le croissant. La matière, toutefois, étant usée, fit que l'artifice manqua, et, lorsque je ne songeois plus qu'à laisser ma tête sur celle de quelque montagne, je sentis, sans que je remuasse aucunement, mon élévation continuée, et, ma machine prenant congé de moi, je la vis retomber vers la terre. Cette aventure extraordinaire me gonfla le cœur d'une joie si peu commune, que, ravi de me voir délivré d'un danger assuré, j'eus l'impudence de philosopher là dessus. Comme donc je cherchois, des yeux et de la pensée, ce qui en pouvoit être la cause, j'aperçus ma chair boursouflée, et grasse encore de la moelle dont je m'étois enduit pour les meurtrissures de mon trébuchement; je connus qu'étant alors en décours, et la Lune pendant ce quartier ayant accoutumé de sucer la moelle des animaux, elle buvoit celle dont je m'étois enduit, avec d'autant plus de force que son globe étoit plus proche de moi, et que l'interposition des nuées n'en affoiblissoit point la vigueur.

Quand j'eus percé, selon le calcul que j'ai fait depuis, beaucoup plus des trois quarts du chemin qui sépare la Terre d'avec la Lune, je me vis tout d'un coup choir les pieds en haut, sans avoir culbuté en aucune façon ; encore, ne m'en fussé-je pas aperçu, si je n'eusse senti ma tête chargée du poids de mon corps. Je connus bien à la vérité que je ne retombois pas vers notre monde; car, encore que je me trouvasse entre deux Lunes, et que je remarquasse fort bien que je m'éloignois de l'une à mesure que je m'approchois de l'autre, j'étois assuré que la plus grande étoit notre globe; parce qu'au bout d'un jour ou deux de voyage, les réfractions éloignées du Soleil venant à confondre la diversité des corps et des climats, il ne m'avoit plus paru que comme une grande plaque d'or : cela me fit imaginer que je baissois vers la Lune ; et je me confirmai dans cette opinion quand je vins à me souvenir que je n'avois commencé de choir qu'après les trois quarts du chemin. « Car, disois-je en moi-même, cette masse étant moindre que la nôtre, il faut que la sphère de son activité ait aussi moins d'étendue, et que, par conséquent, j'aie senti plus tard la force de son centre. »

Enfin, après avoir été fort longtemps à tomber (à ce que je préjugeai, car la violence du précipice m'empêcha de le remarquer), le plus loin dont je me souviens, c'est que je me trouvai sous un arbre, embarrassé avec trois ou quatre branches assez grosses que j'avois éclatées par ma

chute, et le visage mouillé d'une pomme
qui s'étoit écachée dessus.

Par bonheur, ce lieu-là étoit, comme
vous le saurez bientôt..... Ainsi vous pouvez bien juger que, sans ce hasard, je
serois mille fois mort. J'ai souvent fait
depuis réflexion sur ce que le vulgaire
assure, qu'en se précipitant d'un lieu fort
haut, on est étouffé avant de toucher la
terre ; et j'ai conclu, de mon aventure, qu'il
en avoit menti, ou bien qu'il falloit que le
jus énergique de ce fruit, qui m'avoit coulé
dans la bouche, eût rappelé mon âme qui
n'étoit pas loin de mon cadavre, encore
tout tiède, et encore disposé aux fonctions
de la vie. En effet, sitôt que je fus à terre,
ma douleur s'en alla, avant même de se
perdre en ma mémoire ; et la faim, dont
pendant mon voyage j'avois été beaucoup
travaillé, ne me fit trouver en sa place

qu'un léger souvenir de l'avoir perdue.

A peine, quand je fus relevé, eus-je observé la plus large de quatre grandes rivières qui forment un lac en s'abouchant, que l'esprit ou l'âme invisible des simples, qui s'exhalent sur cette contrée, me vint réjouir l'odorat ; et je connus que les cailloux n'y étoient ni durs ni raboteux, et qu'ils avoient soin de s'amollir, quand on marchoit dessus. Je rencontrai d'abord une étoile de cinq avenues, dont les arbres par leur excessive hauteur sembloient porter au Ciel un parterre de haute futaie. En promenant mes yeux, de la racine au sommet, puis les précipitant du faîte jusqu'au pied, je doutois si la terre les portoit, ou si eux-mêmes ne portoient point la terre pendue à leurs racines ; leur front, superbement élevé, sembloit aussi plier, comme par force, sous la pesanteur des

globes célestes, dont on diroit qu'ils ne
soutiennent la charge qu'en gémissant;
leurs bras, étendus vers le Ciel, témoi-
gnoient, en l'embrassant, demander aux
Astres la bénignité toute pure de leurs
influences, et les recevoir, avant qu'elles
aient rien perdu de leur innocence, au lit
des Élémens. Là, de tous côtés, les fleurs,
sans avoir eu d'autre Jardinier que la
Nature, respirent une haleine si douce,
quoique sauvage, qu'elle réveille et satisfait l'odorat ; là, l'incarnat d'une rose sur
l'églantier, et l'azur éclatant d'une violette
sous des ronces, ne laissant point de liberté pour le choix, font juger qu'elles
sont toutes deux plus belles l'une que
l'autre; là, le Printemps compose toutes
les Saisons ; là, ne germe point de plante
vénéneuse, que sa naissance ne trahisse sa
conversation ; là, les ruisseaux. par un

agréable murmure, racontent leurs voyages
aux cailloux ; là, mille petits gosiers em-
plumés font retentir la forêt au bruit de
leurs mélodieuses chansons : et la tré-
moussante assemblée de ces divins musi-
ciens est si générale, qu'il semble que
chaque feuille, dans ce bois, ait pris la
langue et la figure d'un rossignol ; et
même l'Écho prend tant de plaisir à leurs
airs, qu'on diroit, à les lui entendre répéter, qu'elle ait envie de les apprendre.
A côté de ce bois se voient deux prairies,
dont le vert-gai continu fait une éméraude
à perte de vue. Le mélange confus des
peintures, que le Printemps attache à cent
petites fleurs, en égare les nuances l'une
dans l'autre avec une si agréable confusion, qu'on ne sait si ces fleurs, agitées
par un doux zéphir, courent plutôt après
elles-mêmes qu'elles ne fuient pour échap-

per aux caresses de ce vent folâtre. On prendroit même cette prairie pour un Océan, à cause qu'elle est comme une mer qui n'offre point de rivage, en sorte que mon œil, épouvanté d'avoir couru si loin sans découvrir le bord, y envoyait vitement ma pensée ; et ma pensée, doutant que ce fût l'extrémité du monde, se vouloit persuader que des lieux si charmans avoient peut-être forcé le Ciel de se joindre à la Terre. Au milieu d'un tapis si vaste et si plaisant, court à bouillons d'argent une fontaine rustique, qui couronne ses bords d'un gazon émaillé de bassinets, de violettes, et de cent autres petites fleurs, qui semblent se presser à qui s'y mirera la première : elle est encore au berceau, car elle ne vient que de naître, et sa face jeune et polie ne montre pas seulement une ride. Les grands cercles qu'elle promène en re-

venant mille fois sur elle-même montrent
que c'est bien à regret qu'elle sort de son
pays natal ; et, comme si elle eût été
honteuse de se voir caressée auprès de
sa mère, elle repoussa en murmurant ma
main qui la vouloit toucher. Les animaux,
qui s'y venoient désaltérer, plus raisonnables que ceux de notre monde, témoi-
gnoient être surpris de voir qu'il faisoit
grand jour vers l'horizon, pendant qu'ils
regardoient le Soleil aux Antipodes, et
n'osoient se pencher sur le bord, de la
crainte qu'ils avoient de tomber au Firma-
ment.

Il faut que je vous avoue qu'à la vue de
tant de belles choses, je me sentis cha-
touillé de ces agréables douleurs, qu'on dit
que sent l'embryon, à l'infusion de son
âme. Le vieux poil me tomba pour faire
place à d'autres cheveux plus épais et plus

déliés. Je sentis ma jeunesse se rallumer, mon visage devenir vermeil, ma chaleur naturelle se remêler doucement à mon humide radical ; enfin, je reculai sur mon âge environ quatorze ans.

J'avois cheminé une demi-lieue à travers une forêt de jasmins et de myrtes, quand j'aperçus, couché à l'ombre, je ne sais quoi qui remuoit. C'étoit un jeune adolescent, dont la majestueuse beauté me força presque à l'adoration. Il se leva pour m'en empêcher : « Ce n'est pas à moi, s'écria-t-il, c'est à Dieu que tu dois ces humilités ! — Vous voyez une personne, lui répondis-je, consternée de tant de miracles, que je ne sais par lequel débuter mes admirations ; car, venant d'un monde que vous prenez sans doute ici pour une Lune, je pensois être abordé dans un autre, que ceux de mon pays appellent la Lune aussi ; et voilà que je me trouve en Paradis, aux pieds d'un Dieu qui ne veut pas être adoré. — Hormis la qualité de Dieu, me répliqua-t-il, dont je ne suis que la créature, ce que vous dites est véritable ; cette terre-ci est la Lune, que vous voyez de votre globe ; et ce lieu-ci où vous marchez est..... Or, en ce temps-là, l'imagination chez l'homme étoit si forte, pour n'avoir point encore été corrompue, ni par les débauches, ni par la crudité des alimens, ni par l'altération des maladies, qu'étant alors excité au violent désir d'aborder cet asile, et que sa masse étant devenue légère par le feu de cet enthousiasme, il y fut enlevé, de la même sorte qu'il s'est vu des Philosophes, leur imagination fortement tendue à quelque chose, être emportés en l'air par des ravissemens que vous appelez extatiques... que l'infirmité de son sexe rendoit plus foible

et moins chaude, n'auroit pas eu sans doute
l'imaginative assez vigoureuse pour vaincre
par la contention de sa volonté le poids de
la matière, mais parce qu'il y avoit très-peu.
La sympathie, dont cette moitié étoit encore liée à son tout, la porta vers lui à mesure qu'il montoit, comme l'ambre se fait
suivre de la paille, comme l'aimant se
tourne au septentrion d'où il a été arraché,
et attira cette partie de lui-même, comme
la mer attire les fleuves qui sont sortis
d'elle. Arrivés qu'ils furent en votre terre,
ils s'habituèrent entre la Mésopotamie et
l'Arabie ; certains peuples l'ont connu sous
le nom..... et d'autres sous celui de Prométhée, que les Poëtes feignirent avoir
dérobé le feu du Ciel, à cause de ses des-
cendans, qu'il engendra pourvus d'une
âme aussi parfaite que celle dont il étoit
rempli. Ainsi, pour habiter votre monde,

cet homme laissa celui-ci désert ; mais le
Tout-Sage ne voulut pas qu'une demeure
si heureuse restât sans habitans : il permit,
peu de siècles après..... ennuyé de la compagnie des hommes, dont l'innocence se
corrompoit, eut envie de les abandonner.
Ce personnage toutefois ne jugea point de
retraite assurée contre l'ambition de ses
parens, qui s'égorgeoient déjà pour le par-
tage de votre monde, sinon la terre bien-
heureuse dont son aïeul lui avoit tant
parlé, et dont personne n'avoit encore
observé le chemin..... Mais son imagination y suppléa ; car, comme il eut observé..... il remplit deux grands vases qu'il
luta hermétiquement, et se les attacha
sous les ailes. La fumée aussitôt, qui tendoit à s'élever, et qui ne pouvoit pénétrer
le métal, poussa les vases en haut, et, de
la sorte, enlevèrent avec eux ce grand

homme. Quand il fut monté jusques à la
Lune, et qu'il eut jeté les yeux sur ce beau
jardin, un épanouissement de joie presque
surnaturelle lui fit connoître que c'étoit
le lieu où son aïeul avoit autrefois demeuré. Il délia promptement les vaisseaux
qu'il avoit ceints comme des ailes autour
de ses épaules, et le fit avec tant de bonheur, qu'à peine étoit-il en l'air quatre
toises au-dessus de la Lune, qu'il prit
congé de ses nageoires. L'élévation cependant étoit assez grande pour le beaucoup blesser, sans le grand tour de sa
robe, où le vent s'engouffra, et le soutint
doucement, jusqu'à ce qu'il eut mis pied à
terre. Pour les deux vases, ils montèrent
jusqu'à un certain espace où ils sont demeurés : et c'est ce qu'aujourd'hui vous
appelez les Balances.

« Il faut maintenant que je vous raconte

la façon dont j'y suis venu. Je crois que
vous n'aurez pas oublié mon nom ; car je
vous l'ai dit naguère. Vous saurez donc
que j'habitois sur les agréables bords d'un
des fleuves de votre monde, où je menois,
parmi les livres, une vie assez douce pour
ne la pas regretter, encore qu'elle s'écou-
lât. Cependant, plus les lumières de mon
esprit croissoient, plus croissoit aussi la
connaissance de celle que je n'avois point.
Jamais nos savans ne me ramentevoient
l'illustre Mada, que le souvenir de sa Philosophie parfaite ne me fît soupirer. Je dé-
sespérois de la pouvoir acquérir, quand un
jour, après avoir longtemps rêvé, je pris
de l'aimant environ deux pieds en carré,
que je mis dans un fourneau ; puis, lorsqu'il fut bien purgé, précipité et dissous,
j'en tirai l'attractif calciné, et le réduisis
à la grosseur d'environ une balle médiocre.

« En suite de ces préparations, je fis construire une machine de fer fort légère, dans laquelle j'entrai..... et, lorsque je fus bien ferme et bien appuyé sur le siège, je jettai fort haut en l'air cette boule d'aimant. Or la machine de fer, que j'avois forgée tout exprès plus massive au milieu qu'aux extrémités, fut enlevée aussitôt, et dans un parfait équilibre, à cause qu'elle se poussoit toujours plus vite par cet endroit. Ainsi donc, à mesure que j'arrivois où l'aimant m'avoit attiré, je rejettois aussitôt ma boule en l'air au-dessus de moi.

— Mais, l'interrompis-je, comment lanciez-vous votre balle si droit au-dessus de votre chariot, qu'il ne se trouvât jamais à côté ? Je ne vois point de merveille en cette aventure, me dit-il ; car l'aimant poussé, qui étoit en l'air, attiroit le fer droit à lui ; et, par conséquent, il étoit impossible que je

montasse jamais à côté. Je vous dirai même
que, tenant ma boule en ma main, je ne
laissois pas de monter, parce que le chariot couroit toujours à l'aimant que je
tenois au-dessus de lui ; mais la saillie de
ce fer, pour s'unir à ma boule, étoit si violente, qu'elle me faisoit plier le corps en
double, de sorte que je n'osai tenter qu'une
fois cette nouvelle expérience. A la vérité,
c'étoit un spectacle à voir bien étonnant,
car l'acier de cette maison volante, que
j'avois poli avec beaucoup de soin, réflé-
chissoit de tous côtés la lumière du Soleil
si vive et si brillante, que je croyois moi-
même être tout en feu. Enfin, après avoir
beaucoup rué et volé après mon coup,
j'arrivai, comme vous avez fait, à un terme
où je tombois vers ce monde-ci ; et, pour
ce qu'en cet instant je tenois ma boule bien
serrée entre mes mains, ma machine, dont

le siége me pressoit pour approcher de son
attractif, ne me quitta point : tout ce qui
me restoit à craindre, c'étoit de me rompre
le col ; mais, pour m'en garantir, je rejetois
ma boule de temps en temps, afin que la
violence de la machine, retenue par son
attractif, se ralentît, et qu'ainsi ma chute
fût moins rude, comme en effet il arriva ;
car, quand je me vis à deux ou trois cents
toises près de terre, je lançai ma balle de
tous côtés à fleur du chariot, tantôt deçà,
tantôt delà, jusqu'à ce que je m'en visse
à une certaine distance ; et aussitôt je la
jetai au-dessus de moi et ma machine
l'ayant suivie, je la quittai, et me laissai
tomber d'un autre côté le plus doucement
que je pus sur le sable, de sorte que ma
chute ne fut pas plus violente que si je
fusse tombé de ma hauteur. Je ne vous re-
présenterai point l'étonnement qui me

saisit à la vue des merveilles qui sont céans, parce qu'il fut à peu près semblable à celui dont je vous viens de voir consterné... »

J'en avois à peine goûté, qu'une épaisse nuée tomba sur mon âme ; je ne vis plus personne auprès de moi, et mes yeux ne reconnurent en tout l'hémisphère une seule trace du chemin que j'avois fait, et, avec tout cela, je ne laissois pas de me souvenir de tout ce qui m'étoit arrivé. Quand depuis j'ai fait réflexion sur ce miracle, je me suis figuré que l'écorce du fruit où j'avois mordu ne m'avoit pas tout à fait abruti, à cause que mes dents, la traversant, se sentirent un peu du jus qu'elle couvroit, dont l'énergie avoit dissipé la malignité de l'écorce. Je restai bien surpris de me voir tout seul au milieu d'un pays que je ne connoissois point. J'avois beau promener

mes yeux, et les jeter par la campagne,
aucune créature ne s'offroit pour les con-
soler. Enfin, je résolus de marcher jusqu'à
ce que la Fortune me fît rencontrer la
compagnie ou de quelques bêtes, ou de la
mort.

Elle m'exauça, car, au bout d'un demi-
quart de lieue, je rencontrai deux forts
grands animaux, dont l'un s'arrêta devant
moi ; l'autre s'enfuit légèrement au gîte :
au moins, je le pensai ainsi, à cause qu'à
quelque temps de là je le vis revenir ac-
compagné de plus de sept ou huit cents de
même espèce, qui m'environnèrent. Quand
je les pus discerner de près, je connus
qu'ils avoient la taille et la figure comme
nous. Cette aventure me fît souvenir de ce
que jadis j'avois ouï conter à ma nourrice,
des sirènes, des faunes, et des satyres De
temps en temps, ils élevoient des huées si

furieuses causées sans doute par l'admiration de me voir, que je croyois quasi être devenu monstre. Enfin, une de ces bêtes-hommes, m'ayant pris par le col, de même que font les loups quand ils enlèvent des brebis, me jeta sur son dos et me mena dans leur ville, où je fus plus étonné que devant, quand je reconnus en effet que c'étoient des hommes, de n'en rencontrer pas un qui ne marchât à quatre pattes.

Lorsque ce peuple me vit si petit (car la plupart d'entre eux ont douze coudées de longueur), et mon corps soutenu de deux pieds seulement, ils ne purent croire que je fusse un homme, car ils tenoient que, la Nature ayant donné aux hommes, comme aux bêtes, deux jambes et deux bras, ils s'en devoient servir comme eux. Et, en effet, rêvant depuis là-dessus, j'ai songé que cette situation de corps n'étoit point

trop extravagante, quand je me suis souvenu que les enfans, lorsqu'ils ne sont encore instruits que de la Nature, marchent
à quatre pieds, et qu'ils ne se lèvent sur
deux que par le soin de leurs nourrices, qui
les dressent dans de petits chariots, et leur
attachent des lanières pour les empêcher
de choir sur les quatre, comme la seule
assiette où la figure de notre masse incline
de se reposer.

Ils disoient donc (à ce que je me suis
fait depuis interpréter) qu'infailliblement
j'étois la femelle du petit animal de la
Reine. Ainsi je fus, en qualité de tel ou
d'autre chose, mené droit à l'Hôtel de Ville,
où je remarquai, selon le bourdonnement
et les postures que faisoient et le peuple et
les Magistrats, qu'ils consultoient ensemble ce que je pouvois être. Quand ils
eurent longtemps conféré, un certain

bourgeois, qui gardoit les bêtes rares, supplia les Échevins de me commettre à sa
garde en attendant que la Reine m'envoyât
quérir pour vivre avec mon mâle. On n'en
fit aucune difficulté, et ce bateleur me
porta à son logis, où il m'instruisit à faire
le godenot, à passer des culbutes, à figurer
des grimaces ; et, les après-dînées, il faisoit
prendre à la porte un certain prix, de ceux
qui me vouloient voir. Mais le Ciel, fléchi
de mes douleurs, et fâché de voir profaner
le Temple de son maître, voulut qu'un jour,
comme j'étois attaché au bout d'une corde,
avec laquelle le charlatan me faisoit sauter
pour divertir le monde, j'entendis la voix
d'un homme qui me demanda en grec qui
j'étois. Je fus bien étonné d'entendre
parler, en ce pays-là, comme en notre
monde. Il m'interrogea quelque temps ; je
lui répondis, et lui contai ensuite générale-

ment toute l'entreprise et le succès de mon
voyage. Il me consola, et je me souviens
qu'il me dit : « Hé bien, mon fils, vous
portez enfin la peine des foiblesses de votre
monde. Il y a du vulgaire, ici comme là,
qui ne peut souffrir la pensée des choses
où il n'est point accoutumé. Mais sachez
qu'on ne vous traite qu'à la pareille ; et
que, si quelqu'un de cette terre avoit
monté dans la vôtre, avec la hardiesse de
se dire homme, vos savans le feroient
étouffer comme un monstre. » Il me promit
ensuite qu'il avertiroit la Cour de mon dé-
sastre ; et il ajouta qu'aussitôt qu'il avoit su
la nouvelle qui couroit de moi, il étoit venu
pour me voir, et m'avoit reconnu pour un
homme du monde dont je me disois ; parce
qu'il y avoit autrefois voyagé, et qu'il avoit
demeuré en Grèce, où on l'appeloit le
Démon de Socrate ; qu'il avoit, depuis la

mort de ce philosophe, gouverné et instruit,
à Thèbes, Épaminondas ; qu'ensuite, étant
passé chez les Romains, la justice l'avoit
attaché au parti du jeune Caton ; qu'après
sa mort, il s'étoit donné à Brutus ; que
tous ces grands personnages n'ayant laissé
en ce monde à leurs places que le fantôme
de leurs vertus, il s'étoit retiré, avec ses
compagnons, dans les temples et dans les
solitudes. « Enfin, ajouta-t-il, le peuple de
votre Terre devint si stupide et si grossier,
que mes compagnons et moi perdîmes tout
le plaisir que nous avions autrefois pris à
l'instruire. Il n'est pas que vous n'ayez entendu parler de nous, car on nous appeloit
*Oracles, Nymphes, Génies, Fées, Dieux
Foyers, Lemures, Larves, Lamiers, Far-
fadets, Naïades, Incubes, Ombres, Manes,
Spectres,* et *Fantômes ;* et nous abandon-
nâmes votre monde sous le Règne d'Au-

guste, un peu après que je me fus apparu à
Drusus, fils de Livia, qui portoit la guerre
en Allemagne, et que je lui eus défendu de
passer outre. Il n'y a pas longtemps que
j'en suis arrivé pour la seconde fois;
depuis cent ans en çà, j'ai eu commission
d'y faire un voyage : j'ai rôdé beaucoup en
Europe, et conversé avec des personnes que
possible vous aurez connues. Un jour,
entre autres, j'apparus à Cardan, comme il
étudioit; je l'instruisis de quantité de
choses, et, en récompense, il me promit
qu'il témoigneroit, à la postérité, de qui il
tenoit les miracles qu'il s'attendoit d'écrire.
J'y vis Agrippa, l'abbé Tritème, le Docteur
Fauste, La Brosse, César, et une certaine
cabale de jeunes gens que le vulgaire a
connus sous le nom de *Chevaliers de la
Rose-Croix*, à qui j'ai enseigné quantité de
souplesses et de secrets naturels, qui sans

doute les auront fait passer pour de grands
Magiciens. Je connus aussi Campanelle ; ce
fut moi qui lui conseillai, pendant qu'il
étoit à l'Inquisition dans Rome, de styler
son visage et son corps aux postures ordinaires de ceux dont il avoit besoin de connoître l'intérieur, afin d'exciter chez soi par
une même assiette les pensées que cette
même situation avoit appelées dans ses
adversaires, parce qu'ainsi il ménageroit
mieux leur arme, quand il la connoîtroit,
et il commença, à ma prière, un Livre, que
nous intitulâmes *de Sensu rerum*. J'ai fré-
quenté pareillement en France La Mothe
Le Vayer et Gassendi. Ce second est un
homme qui écrit autant en Philosophe que
ce premier y vit. J'ai connu quantité
d'autres gens, que votre siècle traite de
divins, mais je n'ai trouvé en eux que beaucoup de babil et beaucoup d'orgueil. Enfin,

comme je traversois, de votre pays, en An-
gleterre, pour étudier les mœurs de ses
habitants, je rencontrai un homme, la honte
de son pays ; car, certes, c'est une honte
aux grands de votre État, de reconnoître
en lui, sans l'adorer, la vertu dont il est le
trône. Pour abréger son panégyrique, il est
tout esprit, il est tout cœur, et il a toutes
ces qualités, dont une jadis suffisoit à
marquer un Héros : c'étoit Tristan l'Er-
mite. Véritablement, il faut que je vous
avoue que, quand je vis une vertu si haute,
j'appréhendai qu'elle ne fût pas reconnue ;
c'est pourquoi je tâchai de lui faire accepter
trois fioles : la première étoit pleine d'huile
de talk, l'autre, de poudre de projection, et
la dernière, d'or potable ; mais il les refusa
avec un dédain plus généreux que Diogène
ne reçut les compliments d'Alexandre.
Enfin je ne puis rien ajouter à l'éloge de ce

grand homme, sinon que c'est le seul Poëte,
le seul Philosophe, et le seul homme libre
que vous ayez. Voilà les personnes consi-
dérables que j'ai fréquentées ; toutes les
autres, au moins de celles que j'ai connues,
sont si fort au-dessous de l'homme, que
j'ai vu des bêtes un peu au-dessus.

« Au reste, je ne suis point originaire de
votre Terre ni de celle-ci : je suis né dans
le Soleil. Mais, parce que quelquefois notre
monde se trouve trop peuplé, à cause de la
longue vie de ses habitans, et qu'il est
presque exempt de guerres et de maladies ;
de temps en temps, nos Magistrats envoient
des colonies dans les mondes des environs.
Quant à moi, je fus commandé pour aller
au vôtre, et déclaré chef de la peuplade
qu'on y envoyoit avec moi. J'ai passé depuis en celui-ci, pour les raisons que je
vous ai dites ; et ce qui fait que j'y demeure

actuellement, c'est que les hommes y sont
amateurs de la vérité ; qu'on n'y voit point
de Pédans ; que les Philosophes ne se lais-
sent persuader qu'à la raison, et que l'autorité d'un savant, ni le plus grand nombre,
ne l'emportent point sur l'opinion d'un
batteur en grange, quand il raisonne aussi
fortement. Bref, en ce pays, on ne compte
pour insensés que les Sophistes et les
Orateurs. » Je lui demandai combien de
temps ils vivoient : il me répondit trois ou
quatre mille ans, et continua de cette
sorte :

« Encore que les habitans du Soleil ne
soient pas en aussi grand nombre que ceux
de ce monde, le Soleil en regorge bien
souvent, à cause que le peuple, pour être
d'un tempérament fort chaud, est remuant
et ambitieux, et digère beaucoup.

« Ce que je vous dis ne vous doit pas

sembler une chose étonnante, car, quoique notre globe soit très-vaste, et le vôtre petit, quoique nous ne mourions qu'après quatre mille ans, et vous, après un demi-siècle ; apprenez que, tout de même qu'il n'y a pas tant de cailloux que de terre, ni tant de plantes que de cailloux, ni tant d'animaux que de plantes, ni tant d'hommes que d'animaux ; ainsi, il n'y doit pas avoir tant de Démons que d'hommes, à cause des difficultés qui se rencontrent à la généra-tion d'un composé parfait. »

Je lui demandai s'ils étoient des corps comme nous : il me répondit qu'oui ; qu'ils étoient des corps, mais non pas comme nous, ni comme aucune chose que nous estimons telle ; parce que nous n'appelons vul-gairement *corps* que ce que nous pouvons toucher ; qu'au reste, il n'y avoit rien en la Nature qui ne fût matériel, et que, quoi-

qu'ils le fussent eux-mêmes, ils étaient contraints, quand ils vouloient se faire voir à
nous, de prendre des corps proportionnés
à ce que nos sens sont capables de connoître, et que c'étoit sans doute ce qui
avoit fait penser à beaucoup de monde que
les histoires qui se contoient d'eux n'étoient
qu'un effet de la rêverie des foibles, à cause
qu'ils n'apparoissent que de nuit; et il
ajouta que, comme ils étoient contraints de
bâtir eux-mêmes à la hâte le corps dont il
falloit qu'ils se servissent, ils n'avoient pas
pas le temps bien souvent de les rendre
propres qu'à choisir seulement dessous un
sens, tantôt l'ouïe, comme les voix des Oracles ; tantôt la vue, comme les ardans et
les spectres ; tantôt le toucher, comme les
Incubes, et que, cette masse n'étant qu'un
air épaissi de telle ou telle façon, la lumière, par sa chaleur les détruisoit, ainsi

qu'on voit qu'elle dissipe un brouillard en le dilatant.

Tant de belles choses qu'il m'expliquoit me donnèrent la curiosité de l'interroger sur sa naissance et sur sa mort; si au pays du soleil l'individu venoit au jour par les voies de génération, et s'il mouroit par le désordre de son tempérament, ou la rupture de ses organes. « Il y a trop peu de rapport, dit-il, entre vos sens et l'explication de ces mystères. Vous vous imaginez, vous autres, que ce que vous ne sauriez comprendre est spirituel, ou qu'il n'est point; mais cette conséquence est très-fausse, et c'est un témoignage qu'il y a dans l'univers un million peut-être de choses, qui pour être connues, demanderoient en vous un million d'organes tous différens. Moi, par exemple, je connais par mes sens la cause de la sympathie de l'aimant avec

le pôle, celle du reflux de la mer, et ce que
l'animal devient après sa mort ; vous autres,
ne sauriez donner jusqu'à ces hautes conceptions que par la foi, à cause que les pro-
portions à ces miracles vous manquent,
non plus qu'un aveugle ne sauroit s'imaginer ce que c'est que la beauté d'un paysage,
le coloris d'un tableau, et les nuances de
l'iris ; ou bien il se les figurera tantô
comme quelque chose de palpable, comme
le manger, comme un son, ou comme un
odeur. Tout de même, si je voulois vou
expliquer ce que j'aperçois par les sens qu
vous manquent, vous vous le représente
riez comme quelque chose qui peut êtr
ouï, vu, touché, fleuré ou savouré, et c
n'est rien de tout cela. »

Il en étoit là de son discours, quand mo
Bateleur s'aperçut que la chambrée com
mençait à s'ennuyer de mon jargon, qu'i

n'entendoient point, et qu'ils prenoient pour un grognement non articulé. Il se remit de plus belle à tirer ma corde, pour me faire sauter, jusqu'à ce que, les spectateurs étant soûls de rire et d'assurer que j'avois presque autant d'esprit que les bêtes de leur pays, ils se retirèrent chacun chez soi.

J'adoucissois ainsi la dureté des mauvais traitements de mon maître, par les visites que me rendoit cet officieux démon ; car, de m'entretenir avec ceux qui me venoient voir, outre qu'ils me prenoient pour un animal des mieux enracinés dans la catégorie des Brutes, ni je ne savois leur langue, ni eux n'entendoient pas la mienne, et jugez ainsi quelle proportion ; car vous saurez que deux Idiomes seulement sont usités en ce pays, l'un qui sert aux grands, et l'autre qui est particulier pour le peuple.

Celui des grands n'est autre chose qu'une

différence de tons non articulés, à peu près
semblables à notre musique, quand on n'a
pas ajouté les paroles à l'air, et certes c'est
une invention tout ensemble et bien utile
et bien agréable ; car, quand ils sont las de
parler, ou quand ils dédaignent de prosti-
tuer leur gorge à cet usage, ils prennent ou
un Luth, ou un autre instrument, dont ils
se servent aussi bien que de la voix à se
communiquer leurs pensées ; de sorte que
quelquefois ils se rencontreront jusqu'à
quinze ou vingt de compagnie, qui agite-
ront un point de Théologie, ou les difficultés d'un procès, par un concert, le plus
harmonieux dont on puisse chatouiller
l'oreille.

Le second, qui est en usage chez le
peuple, s'exécute par le trémoussement des
membres, mais non pas peut-être comme on
se le figure, car certaines parties du corps

signifient un discours tout entier. L'agitation, par exemple, d'un doigt, d'une main, d'une oreille, d'une lèvre, d'un bras, d'un œil, d'une joue, feront, chacun en particulier, une oraison ou une période, avec tous ses membres. D'autres ne servent qu'à désigner des mots, comme un pli sur le front, les divers frissonnements des muscles, les renversemens des mains, les battements de pied, les contorsions de bras ; de sorte que, quand ils parlent, avec la coutume qu'ils ont prise d'aller tout nus, leurs membres, accoutumés à gesticuler leurs conceptions, se remuent si dru, qu'il ne semble pas un homme qui parle, mais un corps qui tremble.

Presque tous les jours le Démon me venoit visiter, et ses merveilleux entretiens me faisoient passer sans ennui les violences de ma captivité. Enfin, un matin, je vis

entrer dans ma logette un homme que je ne
connoissois point, et qui, m'ayant fort
longtemps léché, me gueula doucement, par
l'aisselle, et de l'une des pattes dont il me
soutenoit, de peur que je me blessasse, me
jeta sur son dos, où je me trouvai si molle-
ment et si à mon aise qu'avec l'affliction
qui me faisoit sentir un traitement de bête,
il ne me prit aucune envie de me sauver,
et puis, ces hommes, qui marchent à quatre
pieds vont bien d'une autre vitesse que
nous, puisque les plus pesants attrapent
les cerfs à la course.

Je m'affligeais cependant outre mesure de
n'avoir point de nouvelles de mon courtois
démon, et le soir de ma première traite, arrivé
que je fus au gîte, je me promenois dans la
cour de l'hôtellerie, attendant que le manger fût prêt, lorsqu'un homme, fort jeune et
assez beau, me vint rire au nez, et jeter à

mon col ses deux pieds de devant. Après
que je l'eus quelque temps considéré :
« Quoi, me dit-il en françois, vous ne con-
noissez plus votre ami ? » Je vous laisse à
penser ce que je devins alors. Certes, ma
surprise fut si grande, que dès lors je
m'imaginai que tout le globe de la Lune,
tout ce qui m'y étoit arrivé, et tout ce que
j'y voyois n'étoit qu'enchantement; et cet
homme-bête, étant le même qui m'avoit
servi de monture, continua de me parler
ainsi : « Vous m'avez promis que les bons offices que je vous rendrois ne vous sortiroient
jamais de la mémoire, et cependant il semble
que vous ne m'ayez jamais vu ! » Mais,
voyant que je demeurois dans mon étonnement : « Enfin, ajouta-t-il, je suis le Démon de Socrate. » Ce discours augmenta
mon étonnement ; mais, pour m'en tirer, il
me dit : « Je suis le Démon de Socrate, qui

vous ai diverti pendant votre prison, et qui, pour vous continuer mes services, me suis revêtu du corps, avec lequel je vous portai hier.— Mais, l'interrompis-je, comment tout cela se peut-il faire, vu qu'hier vous étiez d'une taille extrêmement longue, et qu'aujourd'hui vous êtes très court, qu'hier vous aviez une voix faible et cassée, et qu'aujourd'hui vous en avez une claire et vigoureuse ; qu'hier enfin vous étiez un vieillard tout chenu, et que vous n'êtes aujourd'hui qu'un jeune homme? Quoi donc ! au lieu qu'en mon pays on chemine de la naissance à la mort, les animaux de celui-ci vont de la mort à la naissance, et rajeunissent à force de vieillir?

— Sitôt que j'eus parlé au Prince, me dit-il, après avoir reçu l'ordre de vous conduire à la Cour, je vous allai trouver où vous étiez, et vous ayant apporté ici, j'ai

senti le corps que j'informois si fort atténué
de lassitude, que tous les organes me refu-
saient leurs fonctions ordinaires, en sorte
que je me suis enquis du chemin de l'Hôpital, où, entrant, j'ai trouvé le corps d'un
jeune homme qui venoit d'expirer par un
accident fort bizarre, et pourtant fort commun en ce pays... Je m'en suis approché,
feignant d'y connoître encore du mouvement, et protestant à ceux qui étoient pré-
sens qu'il n'était point mort, et que ce qu'on
croyoit lui avoir fait perdre la vie n'étoit
qu'une simple léthargie; de sorte que, sans
être aperçu, j'ai approché ma bouche de la
sienne, où je suis entré comme par un
souffle; lors mon vieux cadavre est tombé,
et, comme si j'eusse été ce jeune homme,
je me suis levé, et m'en suis venu vous
chercher, laissant là les assistants crier
miracle. » On nous vint quérir là-dessus,

pour nous mettre à table, et je suivis mo
conducteur dans une salle magnifiquemer
meublée, mais où je ne vis rien de prépa
pour manger. Une si grande solitude d
viande, lorsque je périssois de faim, m'obl
gea à lui demander où l'on avoit mis
couvert. Je n'écoutai point ce qu'il me ré
pondit, car trois ou quatre jeunes garçon:
enfans de l'hôte, s'approchèrent de mo
dans cet instant, et avec beaucoup de civ
lité me dépouillèrent jusqu'à la chemis
Cette nouvelle cérémonie m'étonna si for
que je n'en osai pas seulement demande
la cause à mes beaux valets de chambre,
je ne sais comment mon guide, qui me de
manda par où je voulais commencer, p'
tirer de moi ces deux mots : *un potage*
mais je les eus à peine proférés, que je ser
tis l'odeur du plus succulent mitonné q'
frappa jamais le nez du mauvais riche. J

voulus me lever de ma place pour chercher
à la piste la source de cette agréable fumée ;
mais mon porteur m'en empêcha : « Où
voulez-vous aller? me dit-il. Nous irons
tantôt à la promenade, mais maintenant il
est saison de manger ; achevez votre potage,
et puis nous ferons venir autre chose. — Et
où diable est ce potage ? lui répondis-je
presque en colère. Avez-vous fait gageure
de vous moquer de moi tout aujourd'hui ? —
Je pensois, me répliqua-t-il, que vous eussiez vu, à la Ville d'où nous venons, votre
maître, ou quelque autre, prendre ses repas ; c'est pourquoi je ne vous avois point
dit de quelle façon on se nourrit ici. Puis
donc que vous l'ignorez encore, sachez que
l'on n'y vit que de fumée. L'art de cuisi-
nerie est de renfermer, dans de grands
vaisseaux moulés exprès, l'exhalaison qui
sort des viandes en les cuisant ; et, quand

on en a ramassé de plusieurs sortes et de
différens goûts, selon l'appétit de ceux que
l'on traite, on débouche le vaisseau où cette
odeur est assemblée, on en découvre après
cela un autre, et ainsi jusqu'à ce que la
compagnie soit repue. A moins que vous
n'ayez jamais vécu de cette sorte, vous ne
croirez jamais que le nez, sans dents et sans
gosier, fasse, pour nourrir l'homme, l'office
de la bouche ; mais je vous le veux faire voir
par expérience. »

Il n'eut pas plutôt achevé, que je sentis
entrer successivement dans la salle tant
d'agréables vapeurs, et si nourrissantes,
qu'en moins de demi-quart d'heure je me
sentis tout à fait rassasié. Quand nous
fûmes levés : « Ceci n'est pas, dit-il, une
chose qui doive causer beaucoup d'admiration, puisque vous ne pouvez pas avoir tant
vécu, sans avoir observé qu'en votre monde

les Cuisiniers, les Pâtissiers et les Rôtisseurs, qui mangent moins que les personnes d'une autre vocation, sont pourtant beaucoup plus gras. D'où procède leur embonpoint, à votre avis, si ce n'est de la fumée dont ils sont sans cesse environnés, et laquelle pénètre leurs corps et les nourrit ? Aussi les personnes de ce monde jouissent d'une santé bien moins interrompue et plus vigoureuse, à cause que la nourriture n'engendre presque point d'excrémens, qui sont l'origine de presque toutes les maladies. Vous avez peut-être été surpris, lorsque avant le repas on vous a déshabillé, parce que cette coutume n'est pas usitée en votre pays ; mais c'est la mode de celui-ci, et l'on en use ainsi, afin que l'animal soit plus transpirable à la fumée. — Monsieur, lui repartis-je, il y a très-grande apparence à ce que vous dites, et je viens moi-même

d'en expérimenter quelque chose ; mais je
vous avouerai que, ne pouvant pas me dé-
brutaliser si promptement, je serois bien
aise de sentir un morceau palpable sous mes
dents. » Il me le promit, et toutefois ce fut
pour le lendemain, à cause, dit-il, que de
manger sitôt après le repas, cela me produi-
roit une indigestion. Nous discourûmes encore quelque temps, puis nous montâmes
à la chambre pour nous coucher. Un homme,
au haut de l'escalier, se présenta à nous,
et, nous ayant envisagés attentivement,
me mena dans un cabinet où le plancher
étoit couvert de fleurs d'orange à la hauteur
de trois pieds, et mon Démon, dans un
autre, rempli d'œillets et de jasmins ; il me
dit, voyant que je paroissois étonné de cette
magnificence, que c'étoient les lits du pays.
Enfin, nous nous couchâmes chacun dans
notre cellule ; et, dès que je fus étendu sur

nes fleurs, j'aperçus, à la lueur d'une tren-
aine de gros vers luisans enfermés dans un
cristal (car on ne se sert point de chan-
delles), ces trois ou quatre jeunes garçons
qui m'avoient déshabillé au souper, dont
l'un se mit à me chatouiller les pieds, l'autre
les cuisses, l'autre les flancs, l'autre les
bras, et tous avec tant de mignoteries et
de délicatesses, qu'en moins d'un moment
je me sentis assoupi.

Je vis entrer le lendemain mon Démon,
avec le soleil. « Je vous veux tenir parole,
me dit-il ; vous déjeunerez plus solidement
que vous ne soupâtes hier. » A ces mots, je
me levai, et il me conduisit, par la main,
derrière le jardin du logis, où l'un des en-
fants de l'hôte nous attendoit avec une arme
à la main, presque semblable à nos fusils.
Il demanda à mon guide si je voulois une
douzaine d'alouettes, parce que les **magots**

9

(il croyoit que j'en fusse un) se nourrissoient
de cette viande. A peine eus-je répondu
qu'oui, que le Chasseur déchargea un coup
de feu, et vingt ou trente alouettes tom-
bèrent à nos pieds toutes rôties. « Voilà,
m'imaginai-je aussitôt, ce qu'on dit, par
proverbe, en notre monde, d'un pays où les
alouettes tombent toutes rôties ! » Sans
doute que quelqu'un était revenu d'ici.
« Vous n'avez qu'à manger, me dit mon
Démon ; ils ont l'industrie de mêler parmi
leur poudre et leur plomb une certaine com-
position qui tue, plume, rôtit, et assaisonne
le gibier. » J'en ramassai quelques-unes,
dont je mangeai sur sa parole, et, en vérité,
je n'ai jamais en ma vie rien goûté de si dé-
licieux. Après ce déjeuner, nous nous mîmes
en état de partir, et avec mille grimaces
dont ils se servent, quand ils veulent témoigner de l'affection, l'hôte reçut un pa-

pier de mon Démon. Je lui demandai si
c'était une obligation pour la valeur de
l'écot. Il me repartit que non ; qu'il ne lui
devoit rien et que c'étoient des Vers. « Comment, des Vers ? lui répliquai-je. Les Ta-
verniers sont donc ici curieux de rimes ? —
C'est, me dit-il, la monnoie du pays, et la
dépense que nous venons de faire céans
s'est trouvée monter à un sixain que je lui
viens de donner. Je ne craignois pas de demeurer court ; car, quand nous ferions ici
ripaille pendant huit jours, nous ne saurions
dépenser un Sonnet, et j'en ai quatre sur
moi, avec deux Épigrammes, deux Odes et
une Églogue. — Et plût à Dieu, lui dis-je,
que cela fût de même en notre monde! J'y
connois beaucoup d'honnêtes Poëtes qui
meurent de faim, et qui feroient bonne
chère, si on payoit les Traiteurs en cette
monnoie. » Je lui demandoi si ces vers ser-

voient toujours, pourvu qu'on les transcrivît : il me répondit que non, et continua ainsi : « Quand on en a composé, l'auteur les porte à la Cour des Monnoies, où les Poëtes Jurés du Royaume tiennent leur séance. Là, ces versificateurs Officiers mettent les pièces à l'épreuve, et si elles sont jugées en bon aloi, on les taxe, non pas selon leur prix, c'est-à-dire qu'un Sonnet ne vaut pas toujours un Sonnet, mais selon le mérite de la pièce ; et ainsi, quand quelqu'un meurt de faim, ce n'est jamais qu'un buffle, et les personnes d'esprit font toujours grand'chère. » J'admirois, tout extasié, la police judicieuse de ce pays-là, et il poursuivit de cette façon : « Il y a encore d'autres personnes qui tiennent cabaret d'une manière bien différente. Lorsqu'on sort de chez eux, ils demandent, à proportion des frais, un acquit pour l'autre monde ;

et, dès qu'on le leur donne, ils écrivent dans un grand registre qu'ils appellent les comptes du grand Jour, à peu près en ces termes : « *Item*, la valeur de tant de Vers, délivrés » un tel jour, à un tel, qu'on m'y doit rem- » bourser aussitôt l'acquit reçu du premier » fonds qui s'y trouvera »; et lorsqu'ils se sentent en danger de mourir, ils font hacher ces registres en morceaux, et les avalent, parce qu'ils croient que, s'ils n'étoient ainsi digérés, cela ne leur profiteroit de rien. »

Cet entretien n'empêchoit pas que nous continuassions de marcher, c'est-à-dire mon porteur à quatre pattes sous moi, et moi à califourchon sur lui. Je ne particulariserai point davantage les aventures qui nous arrêtèrent sur le chemin, qu'enfin nous terminâmes à la Ville où le Roi fait sa résidence. Je n'y fus pas plutôt arrivé, qu'on me conduisit au Palais, où les grands me

reçurent avec des admirations plus modé-
rées que n'avoit fait le peuple, quand j'étois
passé dans les rues. Mais la conclusion
que j'étois sans doute la femelle du petit
animal de la Reine fut celle des grands
comme celle du peuple. Mon guide me l'in-
terprétoit ainsi ; et cependant lui-même
n'entendoit point cette énigme, et ne savoit
qui étoit ce petit animal de la Reine ; mais
nous en fûmes bientôt éclaircis. Le Roi,
quelque temps après m'avoir considéré,
commanda qu'on l'amenât, et, à une demi-
heure de là, je vis entrer, au milieu d'une
troupe de singes qui portaient la fraise et
le haut de chausses, un petit homme bâti
presque tout comme moi, car il marchoit à
deux pieds ; sitôt qu'il m'aperçut, il m'a-
borda par un *Criado vuestra merced* ; je
lui ripostai sa révérence à peu près en
mêmes termes. Mais, hélas ! ils ne nous

eurent pas plutôt vus parler ensemble,
qu'ils crurent tous le préjugé véritable ; et
cette conjecture n'avoit garde de produire
un autre succès, car celui des assistans qui
opinoit pour nous avec plus de ferveur protestoit que notre entretien étoit un grognement que la joie d'être rejoints, par un
instinct naturel, nous faisoit bourdonner.
Ce petit homme me conta qu'il étoit Eu-
ropéen, natif de la vieille Castille ; qu'il
avoit trouvé moyen, avec des oiseaux, de
se faire porter jusques au monde de la
Lune où nous étions alors ; qu'étant tombé
entre les mains de la Reine, elle l'avoit
pris pour un singe, à cause qu'ils habillent,
par hasard, en ce pays-là, les singes à l'es-
pagnole, et que, l'ayant à son arrivée trouvé
vêtu de cette façon, elle n'avoit point
douté qu'il ne fût de l'espèce. « Il faut bien
dire, lui répliquai-je, qu'après leur avoir

essayé toutes sortes d'habits, ils n'en ont
point rencontré de plus ridicules, et que ce
n'est qu'à cause de cela qu'ils les équipent
de la sorte, n'entretenant ces animaux que
pour s'en donner du plaisir. — Ce n'est pas
connoître, reprit-il, la dignité de notre nation, en faveur de qui l'univers ne produit
des hommes que pour nous donner des
esclaves, et pour qui la Nature ne sauroit
engendrer que des matières de rire. » Il
me supplia ensuite de lui apprendre comment je m'étois osé hasarder de monter à la
Lune avec la machine dont je lui avois
parlé : je lui répondis que c'étoit à cause
qu'il avoit emmené les oiseaux sur lesquels
j'y pensois aller. Il sourit de cette raillerie,
et, environ un quart d'heure après, le Roi
commanda aux gardeurs de singes de nous
ramener, avec ordre exprès de nous faire
coucher ensemble, l'Espagnol et moi, pour

faire en son Royaume multiplier notre espèce. On exécuta de point en point la volonté du Prince ; de quoi je fus très aise,
pour le plaisir que je recevois d'avoir quelqu'un qui m'entretînt pendant la solitude
de ma brutificacion. Un jour, mon mâle
(car on me prenoit pour la femelle) me
conta que ce qui l'avoit véritablement
obligé de courir toute la terre, et enfin de
l'abandonner pour la Lune, étoit qu'il n'a-
voit pu trouver un seul pays où l'imagination même fût en liberté. « Voyez-vous, me
dit-il, à moins de porter un bonnet, quoi
que vous puissiez dire de beau, s'il est
contre les principes des Docteurs de drap,
vous êtes un idiot, un fou, et quelque chose
de pis. On m'a voulu mettre, en mon pays,
à l'Inquisition, parce qu'à la barbe des
pédans j'avois soutenu qu'il y avoit du
vide, et que je ne connoissois point de ma-

tière au monde plus pesante l'une que
l'autre. » Je lui demandai de quelles pro-
babilités il appuyoit une opinion si peu
reçue. « Il faut, me répondit-il, et pour en
venir à bout, supposer qu'il n'y a qu'un élément ; car, encore que nous voyions de
l'eau, de la terre, de l'air et du feu séparés,
on ne les trouve jamais pourtant si parfaitement purs, qu'ils ne soient encore enga-
gés les uns avec les autres. Quand, par
exemple, vous regardez du feu, ce n'est
pas du feu, ce n'est que de l'eau beaucoup
étendue ; l'air n'est que de l'eau fort dila-
tée ; l'eau n'est que de la terre qui se fond,
et la terre elle-même n'est autre chose que
de l'eau beaucoup resserrée ; et ainsi, à pénétrer sérieusement la matière, vous con-
noîtrez qu'elle n'est qu'une, qui, comme
excellente comédienne, joue ici-bas toutes
sortes de personnages, sous toutes sortes

d'habits ; autrement, il faudroit admettre autant d'élémens qu'il y a de sortes de corps, et, si vous me demandez pourquoi le feu brûle et l'eau refroidit, vu que ce n'est qu'une seule matière, je vous réponds que cette matière agit par sympathie, selon la disposition où elle se trouve dans le temps qu'elle agit. Le feu, qui n'est rien que de la terre encore plus répandue qu'elle ne l'est pour constituer l'air, tâche de changer en elle par sympathie ce qu'elle rencontre. Ainsi la chaleur du charbon, étant le feu le plus subtil et le plus propre à pénétrer un corps, se glisse entre les pores de notre masse au commencement, parce que c'est une nouvelle matière qui nous remplit et nous fait exhaler en sueur ; cette sueur, étendue par le feu, se convertit en fumée et devient air ; cet air, encore davantage fondu par la chaleur de l'antipéristase, ou des astres qui l'avoisinent, s'appelle feu, et la terre, abandonnée par le froid et partie, tombe en terre ; l'eau, d'autre part, quoiqu'elle ne diffère de la manière du feu qu'en ce qu'elle est plus serrée, ne nous brûle pas, à cause qu'étant serrée elle demande par sympathie à resserrer les corps qu'elle rencontre, et le froid que nous sentons n'est autre chose que l'effet de notre chair qui se replie sur elle-même par le voisinage de la terre ou de l'eau qui la contraint de lui ressembler. De là vient que les hydropiques remplis d'eau changent en eau toute la nourriture qu'ils prennent ; de là vient que les bilieux changent en bile tout le sang que forme le foie. Supposé donc qu'il n'y ait qu'un seul élément, il est certissisme que tous les corps, chacun selon sa qualité, inclinent également au centre de la terre.

« Mais vous me demanderez pourquoi
donc le fer, les métaux, la terre, le bois,
descendent plus vite à ce centre qu'une
éponge, si ce n'est à cause qu'elle est
pleine d'air, qui tend naturellement en
haut ? Ce n'en est point du tout la raison,
et voici comment je vous réponds : Quoiqu'une roche tombe avec plus de rapidité
qu'une plume, l'une et l'autre ont même inclination pour ce voyage ; mais un boulet
de canon, par exemple, s'il trouvoit la
terre percée à jour, se précipiteroit plus
vite à son centre qu'une vessie grosse de
vent ; et la raison est que cette masse de
métal est beaucoup de terre recognée en
un petit canton, et que ce vent est fort peu
de terre en beaucoup d'espace ; car toutes
les parties de la matière, qui logent dans ce
fer, jointes qu'elles sont les unes aux autres, augmentent leur force par l'union, à

cause que, s'étant resserrées, elles se trouvent à la fin beaucoup à combattre contre
peu, vu qu'une parcelle d'air, égale en
grosseur au boulet, n'est pas égale en
quantité.

« Sans prouver ceci par une enfilure de
raisons, comment, par votre foi, une pique,
une épée, un poignard, nous blessent-ils?
Si ce n'est à cause que l'acier étant une
matière où les parties sont plus proches et
plus enfoncées les unes dans les autres,
que non pas votre chair, dont les pores et
la mollesse montrent qu'elle contient fort
peu de matière répandue en grand lieu, et
que la pointe de fer qui nous pique étant
une quantité presque innombrable de matière contre fort peu de chair, il la contraint
de céder au plus fort, de même qu'un es-
cadron bien pressé entame aisément un
bataillon moins serré et plus étendu; car

pourquoi une loupe d'acier embrasée est-elle plus chaude qu'un tronc de bois allumé? si ce n'est qu'il y a plus de feu dans la loupe en peu d'espace, y en ayant d'attaché à toutes les parties du métal, que dans le bâton, qui, pour être fort spongieux, enferme par conséquent beaucoup de vide, et que le vide n'étant qu'une privation de l'être, ne peut être susceptible de la forme de feu. Mais, m'objecterez-vous, vous supposez du vide comme si vous l'aviez prouvé, et c'est cela dont nous sommes en dispute ! Eh bien, je vais vous le prouver, et, quoique cette difficulté soit la sœur du nœud gordien, j'ai les bras assez forts pour en devenir l'Alexandre.

« Qu'elle me réponde donc, je l'en supplie, cette bête vulgaire, qui ne croit être homme que parce qu'on le lui a dit! Supposé qu'il n'y ait qu'une matière, comme je pense l'avoir assez prouvé, d'où vient qu'elle se relâche et se restreint selon son appétit? d'où vient qu'un morceau de terre, à force de se condenser, s'est fait caillou? Est-ce que les parties de ce caillou se sont placées les unes dans les autres, en telle sorte que là où s'est fiché ce grain de sablon, là même ou dans le même point loge un autre grain de sablon? Tout cela ne se peut, et selon leur principe même, puisque les corps ne se pénètrent point; mais il faut que cette matière se soit rapprochée, et, si vous voulez, se soit raccourcie, en sorte qu'elle ait rempli quelque lieu qui ne l'étoit pas.

« De dire que cela n'est point compréhensible qu'il y eût du rien dans le monde, que nous fussions en partie composés de rien : hé! pourquoi non? Le monde entier n'est-il pas enveloppé de rien? Puisque vous m'avouez cet article, confessez donc qu'il est aussi aisé que le monde ait du rien dedans soi qu'autour de soi.

« Je vois fort bien que vous me demanderez pourquoi donc l'eau, restreinte par la gelée dans un vase, le fait crever, si ce n'est pour empêcher qu'il ne se fasse du vide ? Mais je réponds que cela n'arrive qu'à cause que l'air de dessus, qui tend aussi bien que la terre et l'eau au centre, rencontrant sur le droit chemin de ce pays une hôtellerie vacante, y va loger : s'il trouve les pores de ce vaisseau, c'est-à-dire les chemins qui conduisent à cette chambre de vide trop étroits, trop longs, trop tortus, il satisfait, en le brisant, à son impatience, pour arriver plus tôt au gîte.

« Mais, sans m'amuser à répondre à toutes leurs objections, j'ose bien dire que, s'il n'y avoit point de vide, il n'y auroit point de mouvement, ou il faut admettre la pénétration des corps. Il seroit trop ridicule de croire que, quand une mouche pousse de l'aile une parcelle de l'air, cette parcelle en fait reculer devant elle une autre, cette autre encore une autre, et qu'ainsi l'agitation du petit orteil d'une puce allât faire une bosse derrière le monde. Quand ils n'en peuvent plus, ils ont recours à la raréfaction; mais, en bonne foi, comment se peut-il faire, quand un corps se raréfie, qu'une particule de la masse s'éloigne d'une autre particule sans laisser ce milieu vide? N'auroit-il pas fallu que ces deux corps qui se viennent de séparer eussent été en même temps au même lieu où étoit celui-ci, et que de la sorte ils se fussent pénétrés tous trois? Je m'attends bien que vous me demanderez pourquoi donc, par un chalumeau, une seringue ou une pompe, on fait monter l'eau contre son inclination : à quoi je vous répondrai qu'elle est violentée, et que ce n'est pas la peur qu'elle a du vide qui l'oblige à se détourner de son chemin, mais qu'étant jointe avec l'air d'une nuance imperceptible, elle s'élève, quand on élève en haut l'air qui la tient embarrassée.

« Cela n'est pas fort épineux à comprendre, quand on connoît le cercle parfait et la délicate enchaînure des élémens ; car, si vous considérez attentivement ce limon qui fait le mariage de la terre et de l'eau, vous trouverez qu'il n'est plus terre, qu'il n'est plus eau, mais qu'il est l'entremetteur du contrat de ces deux ennemis ; l'eau, tout de même, avec l'air, s'envoient réciproquement un brouillard qui pénètre aux humeurs de l'un et de l'autre pour moyenner leur paix, et l'air se réconcilie avec le feu par

le moyen d'une exhalaison médiatrice qui
les unit. »

Je pense qu'il vouloit encore parler ; mais
on nous apporta notre mangeaille ; et parce
que nous avions faim, je fermai les oreilles
à ses discours, pour ouvrir l'estomac aux
viandes qu'on nous donna.

Il me souvient qu'une autre fois, comme
nous philosophions, car nous n'aimions
guère ni l'un ni l'autre à nous entretenir
des choses basses : « Je suis bien fâché,
dit-il, de voir un esprit de la trempe du
vôtre infecté des erreurs du vulgaire. Il
faut donc que vous sachiez, malgré le pé-
dantisme d'Aristote, dont retentissent aujourd'hui toutes les classes de votre France,
que tout est en tout, c'est-à-dire que dans
l'eau, par exemple, il y a du feu ; dedans le
feu, de l'eau ; dedans l'air, de la terre, et
dedans la terre, de l'air. Quoique cette

opinion fasse aux scolares les yeux grands comme des salières, elle est plus aisée à prouver qu'à persuader. Car je leur demande premièrement si l'eau n'engendre pas du poisson ; quand ils me le nieront : creuser un fossé, le remplir du sirop de l'aiguière, et qu'ils passeront encore, s'ils veulent, à travers un bluteau, pour échapper aux objections des aveugles, je veux, en cas qu'ils n'y trouvent du poisson dans quelque temps, avaler toute l'eau qu'ils y auront versée ; mais, s'ils y en trouvent, comme je n'en doute point, c'est une preuve convaincante qu'il y a du sel et du feu. Par conséquent, de trouver ensuite de l'eau dans le feu, ce n'est pas une entreprise fort difficile. Car qu'ils choisissent le feu, même le plus détaché de la matière, comme les comètes, il y en a toujours beaucoup, puisque si cette humeur onctueuse

dont ils sont engendrés, réduite en soufre
par la chaleur de l'antipéristase qui les
allume, ne trouvoit un obstacle à sa violence dans l'humide froideur qui la tempère
et la combat, elle se consommeroit brusquement comme un éclair. Qu'il y ait maintenant de l'air dans la terre, ils ne le nieront pas, ou bien ils n'ont jamais entendu
parler des frissons effroyables dont les
montagnes de la Sicile ont été si souvent
agitées : outre cela, nous voyons la terre
toute poreuse, jusques aux grains de sablon
qui la composent. Cependant personne n'a
dit encore que ces creux fussent remplis de
vide : on ne trouvera donc pas mauvais que
l'air y fasse son domicile. Il me reste à
prouver que dans l'air il y a de la terre,
mais je ne daigne quasi pas en prendre la
peine, puisque vous en êtes convaincu autant de fois que vous voyez tomber sur vos

têtes ces légions d'atomes, si nombreuses, qu'elles étouffent l'Arithmétique.

« Mais passons des corps simples aux composés ; ils me fourniront des sujets beaucoup plus fréquens ; et pour montrer que toutes choses sont en toutes choses, non point qu'elles se changent les unes aux autres, comme le gazouillent vos Péripatéticiens ; car je veux soutenir à leur barbe que les principes se mêlent, se séparent et se remêlent derechef en telle sorte que ce qui a été fait eau par le sage Créateur du monde le sera toujours ; je ne suppose point, à leur mode, de maxime, que je ne prouve.

« C'est pourquoi prenez, je vous prie, une bûche, ou quelque autre matière combustible, et y mettez le feu : ils diront, quand elle sera embrasée, que ce qui étoit bois est devenu feu. Mais je leur soutiens que non, et qu'il n'y a point davantage de

feu, quand elle est tout enflammée, qu'auparavant qu'on en eût approché l'allumette ;
mais celui qui étoit caché dans la bûche,
que le froid et l'humide empêchoient de s'é-
tendre et d'agir, secouru par l'étranger, a
rallié ses forces contre le flegme qui l'étouf-
foit et s'est emparé du champ qu'occupoit
son ennemi ; aussi, se montre-t-il sans obs-
tacles, en triomphant de son geôlier. Ne
voyez-vous pas comme l'eau s'enfuit par
les deux bouts du tronçon, chaude et fu-
mante encore du combat qu'elle a rendu?
Cette flamme, que vous voyez en haut, est
le feu le plus subtil, le plus dégagé de la
matière, et le plus tôt prêt, par conséquent,
à retourner chez soi. Il s'unit pourtant en
pyramide jusques à certaine hauteur, pour
enfoncer l'épaisse humidité de l'air qui lui
résiste ; mais, comme il vient en montant
à se dégager peu à peu de la violente com-

pagnie de ses hôtes, alors il prend le large,
parce qu'il ne rencontre plus rien d'antipa-
thique à son passage, et cette négligence
est bien souvent cause d'une seconde prison ; car, cheminant séparé, il s'égarera
quelquefois dans un nuage. S'ils s'y rencontrent, d'autres fois, en assez grande
quantité, pour faire tête à la vapeur, ils se
joignent, ils foudroient, et la mort des in-
nocens est bien souvent l'effet de la colère
animée de ces choses mortes. Si, quand il
se trouve embarrassé dans ces crudités im-
portunes de la moyenne région, il n'est pas
assez fort pour se défendre, il s'abandonne
à la discrétion de son ennemi, qui le contraint par sa pesanteur de retomber en
terre ; et ce malheureux, enfermé dans une
goutte d'eau, se rencontrera peut-être au
pied d'un chêne, de qui le feu animal invi-
tera ce pauvre égaré de se loger avec lui ;

ainsi le voilà qui revient au même état dont il est sorti quelques jours auparavant.

« Mais voyons la fortune des autres élémens qui composoient cette bûche. L'air se retire à son quartier, encore pourtant mêlé de vapeurs, à cause que le feu tout en colère les a brusquement chassés pêle-mêle. Le voilà donc qui sert de ballon aux vents, fournit aux animaux de respiration, remplit le vide que la Nature fait, et peut-être que, s'étant enveloppé dans une goutte de rosée, il sera sucé et digéré par les feuilles altérées de cet arbre, où s'est retiré notre feu. L'eau que la flamme avoit chassée de ce tronc, élevée par la chaleur jusques au berceau des Météores, retombera en pluie sur notre chêne aussitôt que sur un autre ; et la terre, devenue cendre, et puis guérie de sa stérilité, ou par la chaleur nourrissante d'un fumier, où on l'aura jetée, ou

par le sel végétatif de quelques plantes voi-
sines, ou par l'eau féconde des rivières, se
rencontrera peut-être près de ce chêne qui,
par la chaleur de son germe, l'attirera, et
en fera une partie de son tout.

« De cette façon, voilà ces quatre élémens
qui reçoivent le même sort, et rentrent en
même état d'où ils étoient sortis quelques
jours auparavant. Ainsi on peut dire que
dans un homme il y a tout ce qui est nécessaire pour composer un arbre, et dans un
arbre tout ce qui est nécessaire pour composer un homme. Enfin, de cette façon,
toutes choses se rencontreront en toutes
choses ; mais il nous manque un Prométhée, qui nous tire du sein de la Nature et
nous rende sensible ce que je veux bien appeler *matière première.* »

Voilà les choses à peu près dont nous
amusions le temps ; car ce petit Espagnol

avoit l'esprit joli. Notre entretien toutefois
n'étoit que la nuit, à cause que, depuis six
heures du matin jusques au soir, la grande
foule du monde, qui nous venoit contem·
pler à notre logis, nous eût détournés ; car
quelques-uns nous jettoient des pierres :
d'autres, des noix ; d'autres, de l'herbe. Il
n'étoit bruit que des bêtes du Roi. On nous
servoit tous les jours à manger à nos heures,
et le Roi et la Reine prenoient eux-mêmes
assez souvent la peine de me tâter le ventre,
pour connoître si je n'emplissois point, car ils
brûloient d'une envie extraordinaire d'avoir
de la race de ces petits animaux. Je ne sais
si ce fut pour avoir été plus attentif que
mon mâle à leurs simagrées et à leurs tons ;
mais j'appris plus tôt que lui à entendre leur
langue et à l'écorcher un peu ; ce qui fit
qu'on nous considéra d'une autre façon
qu'on n'avoit fait, et les nouvelles coururent

aussitôt, par tout le royaume, qu'on avoit trouvé deux hommes sauvages, plus petits que les autres, à cause des mauvaises nourritures que la solitude nous avoit fournies, et qui, par un défaut de la semence de leurs pères, n'avoient pas eu les jambes de devant assez fortes pour s'appuyer dessus.

Cette créance alloit prendre racine à force d'être confirmée, sans les Docteurs du pays, qui s'y opposèrent, disant que c'étoit une impiété épouvantable de croire que non-seulement des bêtes, mais des monstres, fussent de leur espèce. « Il y auroit bien plus d'apparence, ajoutoient les moins passionnés, que nos animaux domestiques participassent au privilège de l'humanité, et de l'immortalité, par conséquent, à cause qu'ils sont nés dans notre pays, qu'une bête monstrueuse qui se dit née je ne sais

où dans la Lune ; et puis, considérez la différence qui se remarque entre nous et eux.
Nous autres marchons à quatre pieds,
parce que Dieu ne se voulut pas fier d'une
chose si précieuse à une moins ferme
assiette, et il eut peur qu'allant autrement,
il n'arrivât malheur à l'homme; c'est pourquoi il prit la peine de l'asseoir sur quatre
piliers, afin qu'il ne pût tomber ; mais, dé-
daignant de se mêler de la construction de
ces deux brutes, il les abandonna au ca-
price de la Nature, laquelle, ne craignant
pas la perte de si peu de chose, ne les
appuya que sur deux pattes.

« Les oiseaux mêmes, disoient-ils, n'ont
pas été si maltraités qu'elles, car au moins
ils ont reçu des plumes pour subvenir à la
faiblesse de leurs pieds, et se jeter en l'air,
quand nous les éconduirons de chez nous ;
au lieu que la Nature en ôtant les deux pieds

à ces monstres, les a mis en état de ne pouvoir échapper à notre Justice.

« Voyez un peu, outre cela, comment ils ont la tête tournée devers le ciel. C'est la disette où Dieu les a mis de toutes choses, qui l'a située de la sorte, car cette posture suppliante témoigne qu'ils se plaignent au Ciel de Celui qui les a créés, et qu'ils lui demandent permission de s'accommoder de nos restes. Mais, nous autres, nous avons la tête penchée en bas, pour contempler les biens dont nous sommes seigneurs, et comme n'y ayant rien au Ciel à qui notre heureuse condition puisse porter envie. »

J'entendois tous les jours, à ma loge, faire ces contes, ou d'autres semblables ; et ils en bridèrent si bien l'esprit des peuples sur cet article, qu'il fut arrêté que je ne passerois tout au plus que pour un perroquet sans plumes ; car ils confirmoient les persuadés, sur ce que, non plus qu'un oiseau, je n'avois que deux pieds. Cela fit qu'on me mit en cage par ordre exprès du Conseil d'en haut.

Là, tous les jours, l'Oiseleur de la Reine prenant le soin de me siffler la langue, comme on fait ici aux sansonnets ; j'étois heureux, à la vérité, en ce que je ne manquois point de mangeaille. Cependant, parmi les sornettes dont les regardans me rompoient les oreilles j'appris à parler comme eux, en sorte que, quand je fus assez rompu dans l'idiome pour exprimer la plupart de mes conceptions, j'en contai des plus belles. Déjà les compagnies ne s'entretenoient plus que de la gentillesse de mes bons mots, et de l'estime que l'on faisoit de mon esprit. On en vint jusque-là, que le Conseil fut contraint de faire publier un Arrêt, par lequel on défendoit de croire que j'eusse de

la raison, avec un commandement très exprès à toutes personnes, de quelque qualité
ou condition qu'elles fussent, de s'imaginer, quoi que je pusse faire de spirituel, que
c'étoit l'instinct qui me le faisoit faire.

Cependant la définition de ce que j'étois
partagea la ville en deux factions. Le parti
qui soutenoit en ma faveur grossissoit de
jour en jour, et enfin, en dépit de l'ana-
thème par lequel on tâchoit d'épouvanter le
peuple, ceux qui tenoient pour moi deman-
dèrent une assemblée des États, pour ré-
soudre cette controverse. On fut longtemps
à s'accorder sur le choix de ceux qui opine-
roient; mais les arbitres pacifièrent l'ani-
mosité par le nombre des intéressés qu'ils
égalèrent, et qui ordonnèrent qu'on me por-
teroit dans l'assemblée comme l'on fit ;
mais j'y fus traité autant sévèrement qu'on
se le peut imaginer. Les Examinateurs

m'interrogèrent, entre autres choses de
Philosophie : je leur exposai, tout à la
bonne foi, ce que jadis mon Régent m'en
avoit appris, mais ils ne mirent guère à me
le réfuter par beaucoup de raisons convain-
cantes ; de sorte que, n'y pouvant répondre,
j'alléguai pour dernier refuge les principes
d'Aristote, qui ne me servirent pas davantage que les sophismes ; car, en deux mots,
ils m'en découvrirent la fausseté. « Cet
Aristote, me dirent-ils, dont vous vantez si
fort la science, accommodoit sans doute les
principes a sa Philosophie, au lieu d'accommoder sa Philosophie aux principes, et
encore devoit-il les prouver au moins plus
raisonnables que ceux des autres Sectes
dont vous nous avez parlé. C'est pourquoi
le bon seigneur ne trouvera pas mauvais si
nous lui baisons les mains. » Enfin, comme
ils virent que je ne clabaudois autre chose,

sinon qu'ils n'étaient pas plus savants
qu'Aristote, et qu'on m'avoit défendu de
discuter contre ceux qui nioient les principes, ils conclurent tous d'une commune
voix, que je n'étois pas un homme, mais
possible quelque espèce d'autruche, vu que
je portois comme elle la tête droite, que je
marchois sur deux pieds, et qu'enfin, hormis un peu de duvet, je lui étois tout semblable; si bien qu'on ordonna à l'Oiseleur
de me reporter en cage. J'y passois mon
temps avec assez de plaisir, car, à cause
de leur langue que je possédois correcte-
tement, toute la Cour se divertissoit à me
faire jaser. Les filles de la Reine, entre
autres, fourroient toujours quelque bribe
dans mon panier; et la plus gentille de
toutes ayant conçu quelque amitié pour
moi, elle étoit si transportée de joie, lorsqu'étant en secret, je l'entretenois des

mœurs et des divertissements des gens de
notre monde, et principalement de nos
cloches et de nos autres instruments de musique, qu'elle me protestoit, les larmes aux
yeux, que, si jamais je me trouvois en état
de revoler en notre monde, elle me suivroit
de bon cœur.

Un jour, de grand matin, m'étant éveillé
en sursaut, je la vis qui tambourinoit contre
les bâtons de ma cage : « Réjouissez-vous,
me dit-elle, hier dans le Conseil on conclut
la guerre contre le Roi *La — la — do —
mi.* J'espère, parmi l'embarras des prépa-
ratifs, pendant que notre Monarque et ses
sujets seront éloignés, faire naître l'occasion de vous sauver. — Comment, la
guerre ? l'interrompis-je Arrive-t-il des
querelles entre les Princes de ce monde ici
comme entre ceux du nôtre ? Hé ! je vous
prie, parlez-moi de leur façon de combattre.

— Quand les arbitres, reprit-elle, élus
au gré des deux parties, ont désigné le
temps accordé pour l'armement, celui de la
marche, le nombre des combattants, le jour
et le lieu de la bataille, et tout cela avec
tant d'égalité, qu'il n'y a pas dans une
armée un seul homme plus que dans l'autre,
les soldats estropiés, d'un côté, sont tous
enrôlés dans une compagnie, et, lorsqu'on
en vient aux mains, les Maréchaux de Camp
ont soin de les exposer aux estropiés ; de
l'autre côté, les géans ont en tête les
colosses ; les escrimeurs, les adroits ; les
vaillans, les courageux ; les débiles, les
foibles ; les indisposés, les malades ; les
robustes, les forts ; et, si quelqu'un entre-
prenoit de frapper un autre que son ennemi
désigné, à moins qu'il ne pût justifier que
c'étoit par méprise, il est condamné comme
couard. Après la bataille donnée, on compte

les blessés, les morts, les prisonniers ; car, pour les fuyards, il ne s'en trouve point ; si les pertes se trouvent égales de part et d'autre, ils tirent à la courte-paille à qui se proclamera victorieux.

« Mais, encore qu'un royaume eût défait son ennemi de bonne guerre, ce n'est presque rien avancé, car il y a d'autres armées, plus nombreuses, de savans et d'hommes d'esprit, des disputes desquelles dépend entièrement le triomphe ou la servitude des États.

« Un savant est opposé à un autre savant, un spirituel à un autre spirituel, et un judicieux à un autre judicieux. Au reste, le triomphe que remporte un Etat en cette façon est compté pour trois victoires à force ouverte. Après la proclamation de la victoire, on rompt l'assemblée, et le peuple vainqueur choisit pour être son

Roi, ou celui des ennemis ou le sien. »

Je ne pus m'empêcher de rire de cette façon scrupuleuse de donner des batailles ; et j'alléguois, pour exemple d'une bien plus forte politique, les coutumes de notre Europe, où le Monarque n'avoit garde d'omettre aucun de ses avantages pour vaincre ; et voici comme elle me parla :

« Apprenez-moi, me dit-elle, si vos Princes ne prétextent pas leurs armemens, du droit ? — Si fait, lui répliquai-je, et de la justice de leur cause. — Pourquoi donc, continua-t-elle, ne choisissent-ils des arbitres non suspects, pour être accordés ? Et, s'il se trouve qu'ils aient autant de droit l'un que l'autre, qu'ils demeurent comme ils étoient, ou qu'ils jouent en un coup de piquet la Ville ou la Province dont ils sont en dispute ?

— Mais vous, lui repartis-je, pourquoi

toutes ces circonstances en votre façon de combattre ? Ne suffit-il pas que les armées soient en pareil nombre d'hommes ? — Vous n'avez guère de jugement, me répondit-elle. Croiriez-vous, par votre foi, ayant vaincu sur le pré votre ennemi seul à seul, l'avoir vaincu de bonne guerre, si vous étiez maillé, et lui, non ; s'il n'avoit qu'un poignard, et vous une estocade ; enfin s'il étoit manchot, et que vous eussiez deux bras ? Cependant, avec toute l'égalité que vous recommandez tant à vos gladiateurs, ils ne se battent jamais pareils ; car l'un sera de grande, l'autre, de petite taille ; l'un sera adroit, l'autre, n'aura jamais manié d'épée ; l'un sera robuste, l'autre foible ; et, quand même ces disproportions seroient égales, qu'ils seroient aussi adroits et aussi forts l'un que l'autre, encore ne seroient-ils pas pareils, car l'un des deux

aura peut-être plus de courage que l'autre ;
et, sous l'ombre que cet emporté ne consi-
dérera pas le péril, qu'il sera bilieux, qu'il
aura plus de sang, qu'il avoit le cœur plus
serré, avec toutes ces qualités qui font le
courage, comme si ce n'étoit pas, aussi bien
qu'une épée, une arme que son ennemi n'a
point, il s'ingère de se ruer éperdument
sur lui, de l'effrayer, et d'ôter la vie à ce
pauvre homme, qui prévoit le danger, dont
la chaleur est étouffée dans la pituite, et
duquel le cœur est trop vaste pour unir les
esprits nécessaires à dissiper cette glace
qu'on appelle *poltronnerie*. Ainsi vous
louez cet homme d'avoir tué son ennemi
avec avantage, et, le louant de hardiesse,
vous le louez d'un péché contre nature,
puisque sa hardiesse tend à la destruction.
Et, à propos de cela, je vous dirai qu'il y
a quelques années qu'on fit une remon-

trance au Conseil de guerre, pour apporter un règlement plus circonspect et plus consciencieux dans les combats. Et le Philosophe qui donnoit l'avis parla ainsi :

« Vous vous imaginez, Messieurs, avoir bien égalé les avantages de deux ennemis, quand vous les avez choisis tous deux grands, tous deux adroits, tous deux pleins de courage ; mais ce n'est pas encore assez, puisqu'il faut qu'enfin le vainqueur surmonte par adresse, par force, et par fortune. Si ç'a été par adresse, il a frappé sans doute son adversaire par un endroit où il ne l'attendoit pas, ou plus vite qu'il n'étoit vraisemblable ; ou, feignant de l'attraper d'un côté, il l'a assailli de l'autre. Cependant tout cela, c'est affiner, c'est tromper, c'est trahir, et la tromperie et la trahison ne doivent pas faire l'estime d'un véritable

généreux. S'il a triomphé par force, esti-
merez-vous son ennemi vaincu, puisqu'il a
été violenté ? Non sans doute, non plus
que vous ne direz pas qu'un homme ait
perdu la victoire, encore qu'il soit accablé
de la chute d'une montagne, parce qu'il
n'a pas été en puissance de la gagner. Tout
de même, celui-là n'a point été surmonté,
à cause qu'il ne s'est point trouvé, dans ce
moment, disposé à pouvoir résister aux
violences de son adversaire. Si ç'a été par
hasard qu'il a terrassé son ennemi, c'est
la Fortune qu'on doit couronner : il n'y a
rien contribué ; et enfin le vaincu n'est
non plus blâmable que le joueur de dés,
qui sur dix-sept points en voit faire dix-
huit. »

« On lui confessa qu'il avoit raison ; mais
qu'il étoit impossible, selon les apparences
humaines, d'y mettre ordre, et qu'il valoit

mieux subir un petit inconvénient, que de
s'abandonner à cent autres de plus grande
importance. »

Elle ne m'entretint pas cette fois davantage, parce qu'elle craignoit d'être trouvée
toute seule avec moi si matin. Ce n'est pas
qu'en ce Pays l'impudicité soit un crime;
au contraire, hors les coupables con-
vaincus, tout homme a pouvoir sur toute
femme, et une femme tout de même pourroit
appeler un homme en Justice, qui l'auroit
refusée. Mais elle ne m'osoit pas fréquenter
publiquement, à cause que les gens du
Conseil avoient dit, dans la dernière assemblée, que c'étoient les femmes principalement qui publioient que j'étois homme,
afin de couvrir sous ce prétexte le désir qui
les brûloit de se mêler aux bêtes, et de commettre avec moi sans vergogne des péchés
contre nature. Cela fut cause que je de-

meurai longtemps sans la voir, ni pas une
du sexe.

Cependant il falloit bien que quelqu'un
eût réchauffé les querelles de la définition
de mon être, car, comme je ne songeois
plus qu'à mourir en ma cage, on me vint
querir encore une fois pour me donner
audience. Je fus donc interrogé, en présence d'un grand nombre de Courtisans,
sur quelques points de Physique, et mes
réponses, à ce que je crois, en satisfirent
un, car celui qui présidoit m'exposa fort au
long ses opinions sur la structure du
Monde ; elles me semblèrent ingénieuses ;
et, sans qu'il passa jusqu'à son origine,
qu'il soutenoit éternelle, j'eusse trouvé sa
Philosophie beaucoup plus raisonnable que
la nôtre. Mais, sitôt que je l'entendis soutenir une rêverie si contraire à ce que la
Foi nous apprend, je brisai avec lui, dont

il ne fit que rire; ce qui m'obligea de lui
dire que, puisqu'ils en venoient là, je re-
commençois à croire que leur Monde n'étoit
qu'une Lune. « Mais, me dirent-ils tous,
vous y voyez de la terre, des rivières, des
mers; que seroit-ce donc tout cela? —
N'importe! repartis-je, Aristote assure que
ce n'est que la Lune; et, si vous aviez dit
le contraire dans les Classes où j'ai fait mes
études, on vous auroit sifflés. » Il se fit,
sur cela, un grand éclat de rire. Il ne faut
pas demander si ce fut de leur ignorance;
mais cependant on me conduisit dans ma
cage.

Mais d'autres savans, plus emportés que
les premiers, avertis que j'avois osé dire
que la Lune d'où je venois était un Monde,
et que leur Monde n'étoit qu'une Lune,
crurent que cela leur fournissoit un prétexte assez juste pour me faire condamner

à l'eau : c'est la façon d'exterminer les
impies. Pour cet effet, ils furent en corps
faire leur plainte au Roi, qui leur promit
justice, et ordonna que je serois remis sur
la sellette.

Me voilà donc décagé pour la troisième
fois ; et, lors, le plus ancien prit la parole, et
plaida contre moi. Je ne me souviens pas
de sa harangue, à cause que j'étois trop
épouvanté pour recevoir les espèces de sa
voix sans désordre, et parce aussi qu'il
s'étoit servi, pour déclamer, d'un instrument dont le bruit m'étourdissoit : c'étoit
une trompette qu'il avoit tout exprès choisie
afin que la violence de ce son martial échauf-
fât leurs esprits à ma mort, et afin d'empêcher par cette émotion que le raisonnement
ne pût faire son office, comme il arrive dans
nos armées, où le tintamarre des trompettes
et des tambours empêche le soldat de ré-

fléchir sur l'importance de sa vie. Quand il
eut dit, je me levai pour défendre ma cause,
mais j'en fus délivré par une aventure qui
va vous surprendre. Comme j'avois la
bouche ouverte, un homme, qui avoit eu
grande difficulté à traverser la foule, vint
choir aux pieds du Roi, et se traîna longtemps sur le dos en sa présence. Cette façon de faire ne me surprit pas, car je savois
que c'étoit la posture où ils se mettoient,
quand ils vouloient discourir en public. Je
rangaînai seulement ma harangue ; voici
celle que nous eûmes de lui.

« Justes, écoutez-moi! vous ne sauriez
condamner cet Homme, ce Singe ou ce Perroquet, pour avoir dit que la Lune est un
Monde d'où il venoit; car, s'il est homme,
quand même il ne seroit pas venu de la
Lune, puisque tout homme est libre, ne lui
est-il pas libre aussi de s'imaginer ce qu'il

voudra? Quoi! pouvez-vous le contraindre
à n'avoir pas vos visions ? Vous le forcerez
bien à dire que la Lune n'est pas un Monde,
mais il ne le croira pas pourtant; car, pour
croire quelque chose, il faut qu'il se pré-
sente à son imagination certaines possibi-
lités plus grandes au *oui* qu'au *non;* à
moins que vous ne lui fournissiez ce vraisemblable, ou qu'il ne vienne de soi-même
s'offrir à son esprit, il vous dira bien qu'il
croit, mais il ne le croira pas pour cela.

« J'ai maintenant à vous prouver qu'il ne
doit pas être condamné, si vous le posez
dans la catégorie des bêtes.

« Car, supposé qu'il soit animal sans raison, en auriez-vous vous-même de l'accuser
d'avoir péché contre elle? Il a dit que la
Lune étoit un monde; or, les bêtes n'a-
gissent que par instinct de la Nature; donc,
c'est la Nature qui le dit, et non pas lui. De

11

croire que cette savante Nature qui a fait
le Monde et la Lune ne sache ce que c'est
elle-même, et que vous autres, qui n'avez
de connoissance que ce que vous en tenez
d'elle, le sachiez plus certainement, cela seroit bien ridicule. Mais, quand même la
passion vous feroit renoncer à vos principes, et que vous supposeriez que la Nature ne guidât pas les bêtes, rougissez à tout
le moins des inquiétudes que vous causent
les caprices d'une bête. En vérité, Messieurs, si vous rencontriez un homme d'âge
mûr, qui veillât à la police d'une fourmi-
lière, pour tantôt donner un soufflet à la
fourmi qui auroit fait choir sa compagne,
tantôt en emprisonner une qui auroit dérobé
à sa voisine un grain de blé, tantôt mettre
en justice une autre qui auroit abandonné
ses œufs, ne l'estimeriez-vous pas insensé
de vaquer à des choses trop au-dessus de

lui, et de prétendre assujettir à la raison des animaux qui n'en ont pas l'usage? Comment donc, vénérable assemblée, défendrez-vous l'intérêt que vous prenez aux caprices de ce petit animal? Justes, j'ai dit. »

Dès qu'il eut achevé, une sorte de musique d'applaudissements fit retentir toute la salle ; et, après que toutes les opinions eurent été débattues un gros quart d'heure, le Roi prononça :

« Que dorénavant je serois censé homme, comme tel mis en liberté, et que la punition d'être noyé seroit modifiée en une amende honteuse (car il n'en est point en ce pays-là d'*honorable*) ; dans laquelle amende je me dédirois publiquement d'avoir soutenu que la Lune étoit un Monde, à cause du scandale que la nouveauté de cette opinion auroit pu apporter dans l'âme des foibles. »

Cet Arrêt prononcé, on m'enlève hors du

Palais ; on m'habille par ignominie fort ma-
gnifiquement ; on me porte sur la tribune
d'un magnifique Chariot ; et, traîné que je fus
par quatre Princes qu'on avoit attachés au
joug, voici ce qu'ils m'obligèrent de pro-
noncer aux carrefours de la ville :

« Peuple, je vous déclare que cette Lune-ci
n'est pas une Lune, mais un Monde ; et que
ce Monde là-bas n'est pas un Monde, mais
une Lune. Tel est ce que le Conseil trouve
bon que vous croyiez. »

Après que j'eus crié la même chose aux
cinq grandes places de la Cité, j'aperçus
mon Avocat qui me tendoit la main pour
m'aider à descendre. Je fus bien étonné de
reconnoître, quand je l'eus envisagé, que
c'étoit mon Démon. Nous fûmes une heure
à nous embrasser : « Et venez-vous-en chez
moi, me dit-il, car de retourner en Cour
après une amende honteuse, vous n'y seriez

pas vu de bon œil. Au reste, il faut que je vous dise que vous seriez encore parmi les Singes, aussi bien que l'Espagnol votre compagnon, si je n'eusse publié dans les Compagnies la vigueur et la force de votre esprit, et brigué contre vos ennemis, en votre faveur, la protection des Grands. » La fin de mes remercîmens nous vit entrer chez lui ; il m'entretint, jusqu'au repas, des ressorts qu'il avoit fait jouer pour obliger mes ennemis, malgré tous les plus spécieux scrupules dont ils avoient embabouiné le Peuple, à se déporter d'une poursuite si injuste. Mais, comme on nous eut avertis qu'on avoit servi, il me dit qu'il avoit, pour me tenir compagnie, ce soir-là, prié deux Professeurs d'Académie de cette Ville de venir manger avec nous. « Je les ferai tomber, ajouta-t-il, sur la Philosophie qu'ils enseignent en ce Monde-ci, et, par même

moyen, vous verrez le fils de mon hôte.
C'est un jeune homme autant plein d'esprit
que j'en aie jamais rencontré ; ce seroit un
second Socrate, s'il pouvoit régler ses lumières, et ne point étouffer dans le vice les
grâces dont Dieu continuellement le vi-
site, et ne plus affecter le libertinage, comme
il fait, par une chimérique ostentation et
une affectation de s'acquérir la réputation
d'homme d'esprit. Je me suis logé céans
pour épier les occasions de l'instruire. » Il
se tut, comme pour me laisser à mon tour
la liberté de discourir ; puis, il fit signe qu'on
me dévêtit des honteux ornemens dont
j'étois encore tout brillant.

Les deux Professeurs que nous atten-
dions entrèrent presque aussitôt, et nous
allâmes nous mettre à table, où elle étoit
dressée, et où nous trouvâmes le jeune garçon dont il m'avoit parlé, qui mangeoit déjà.

Ils lui firent grande saluade, et le traitèrent
d'un respect aussi profond que d'esclave à
seigneur; j'en demandai la cause à mon
Démon, qui me répondit que c'étoit à cause
de son âge, parce qu'en ce Monde-là les
vieux rendoient toute sorte de respect et de
déférence aux jeunes; bien plus, que les
pères obéissent à leurs enfans, aussitôt que,
par l'avis du Sénat des Philosophes, ils
avoient atteint l'âge de raison. « Vous vous
étonnez, continua-t-il, d'une coutume si
contraire à celle de votre pays? Mais elle
ne répugne point à la droite raison ; car, en
conscience, dites-moi, quand un homme
jeune et chaud est en force d'imaginer, de
juger et d'exécuter, n'est-il pas plus capable de gouverner une famille, qu'un in-
firme sexagénaire, pauvre hébété, dont la
neige de soixante hivers a glacé l'imagination, qui ne se conduit que par ce que vous

appelez expérience des heureux succès, qui
ne sont cependant que de simples effets
du hasard contre toutes les règles de l'éco-
nomie et de la prudence humaine. Pour du
jugement, il en a aussi peu, quoique le vulgaire de votre Monde en fasse un apanage
de la vieillesse ; mais, pour se désabuser, il
faut qu'il sache que ce qu'on appelle *prudence* en un vieillard n'est autre chose
qu'une appréhension panique, une peur en-
ragée de rien entreprendre, qui l'obsède.
Ainsi, quand il n'a pas risqué un danger
où un jeune homme s'est perdu, ce n'est
pas qu'il en préjugeât sa catastrophe, mais
il n'avoit pas assez de feu pour allumer ces
nobles élans qui nous font oser ; au lieu que
l'audace de ce jeune homme étoit comme un
gage de la réussite de son dessein, parce
que cette ardeur qui fait la promptitude et
la facilité d'une exécution étoit celle qui le

poussait à l'entreprendre. Pour ce qui est
d'exécuter, je ferois tort à votre esprit de
m'efforcer à le convaincre de preuves. Vous
savez que la jeunesse seule est propre à l'action ; et, si vous n'en étiez pas tout à fait
persuadé, dites-moi, je vous prie, quand
vous respectez un homme courageux,
n'est-ce pas à cause qu'il vous peut venger
de vos ennemis, ou de vos oppresseurs ? et
est-ce par autre considération que par pure
habitude, que vous le considérez, lorsqu'un
bataillon de septante Janviers a gelé son
sang, et tué de froid tous les nobles enthousiasmes dont les jeunes personnes sont
échauffées ? Lorsque vous déférez au plus
fort, n'est-ce pas afin qu'il vous soit obligé
d'une victoire que vous ne lui sauriez dis-
puter ? Pourquoi donc vous soumettre à lui,
quand la paresse a fondu ses muscles, dé-
bilité ses artères, évaporé ses esprits et

sucé la moelle de ses os? Si vous adoriez
une femme, n'étoit-ce pas à cause de sa
beauté? Pourquoi donc continuer vos génu-
flexions, après que le vieillesse en a fait un
fantôme qui ne représente plus qu'une hi-
deuse image de la mort? Enfin, lorsque vous
aimiez un homme spirituel, c'étoit à cause
que, par la vivacité de son génie, il péné-
troit une affaire mêlée et la débrouilloit;
qu'il défrayoit par son bien dire l'assemblée
du plus haut carat; qu'il digéroit les sciences
d'une seule pensée; et cependant, vous lui
continuez vos honneurs, quand ses organes
usés rendent sa tête imbécile, pesante et
importune aux compagnies, et lorsqu'il res-
semble plutôt à la figure d'un Dieu Foyer
qu'à un homme de raison? Concluez donc
par là, mon fils, qu'il vaut mieux que les
jeunes gens soient pourvus du gouverne-
ment des familles, que les vieillards. D'au-

tant plus même que, selon vos maximes,
Hercule, Achille, Épaminondas, Alexandre
et César, qui sont presque tous morts au
deçà de quarante ans, n'auroient mérité
aucuns honneurs, parce qu'à votre compte
ils auroient été trop jeunes, bien que leur
seule jeunesse fût seule la cause de leurs
belles actions, qu'un âge plus avancé eût
rendues sans effet, parce qu'il eût manqué
de l'ardeur et de la promptitude qui leur
ont donné ces grands succès. Mais, direz-
vous, toutes les lois de notre Monde font
retentir avec soin ce respect qu'on doit aux
vieillards? Il est vrai ; mais, aussi, tous
ceux qui ont introduit des lois ont été des
vieillards qui craignoient que les jeunes ne
les dépossédassent justement de l'autorité
qu'ils avoient extorquée..... Vous ne tenez
de votre Architecte mortel que votre corps
seulement; votre âme vient des Cieux; il

n'a tenu qu'au hasard que votre père n'ait
été votre fils, comme vous êtes le sien. Sa-
vez-vous même s'il ne vous a point empêché
d'hériter d'un diadème? Votre esprit peut-
être était parti au Ciel, à dessein d'animer
le Roi des Romains au ventre de l'Impéra-
trice; en chemin, par hasard, il rencontra
votre embryon, et peut-être que, pour abréger sa course, il s'y logea. Non, non, Dieu
ne vous eût point rayé du calcul de tous les
hommes, quand votre père fût mort petit
garçon. Mais qui sait si vous ne seriez point
aujourd'hui l'ouvrage de quelque vaillant
Capitaine, qui vous auroit associé à sa
gloire comme à ses biens. Ainsi peut-être
vous n'êtes non plus redevable à votre père
de la vie qu'il vous a donnée, que vous le
seriez au Pirate qui vous auroit mis à la
chaîne, parce qu'il vous nourriroit. Et je
veux même qu'il vous eût engendré Prince,

qu'il vous eût engendré Roi : un présent
perd son mérite, lorsqu'il est fait sans le
choix de celui qui le reçoit. On donna la
mort à César, on la donna à Cassius ; cependant Cassius en est obligé à l'Esclave dont
il l'impétra, non pas César à des meurtriers,
parce qu'ils le forcèrent de la recevoir. Votre
père consulta-t-il votre volonté, lorsqu'il
embrassa votre mère? vous demanda-t-il si
vous trouviez bon de voir ce siècle-là, ou
d'en attendre un autre? si vous vous con-
tenteriez d'être fils d'un sot, ou si vous auriez l'ambtiion de sortir d'un brave homme?
Hélas! vous, que l'affaire concernoit tout
seul, vous étiez le seul dont on ne prenoit
point l'avis! Peut-être qu'alors, si vous
eussiez été enfermé autre part que dans la
matrice des idées de la Nature, et que votre
naissance eût été à votre option, vous auriez
dit à la Parque : « Ma chère Demoiselle,

prends le fuseau d'un autre : il y a fort
longtemps que je suis dans le rien, et j'aime
encore mieux demeurer cent ans à n'être
pas, que d'être aujourd'hui, pour m'en re-
pentir demain! » Cependant il vous fallut
passer par là; vous eûtes beau piailler pour
retourner à la longue et noire maison dont
on vous arrachoit, on faisoit semblant de
croire que vous demandiez à teter.

« Voilà, ô mon fils! les raisons à peu
près qui sont cause du respect que les pères
portent à leurs enfans; je sais bien que
j'ai penché du côté des enfans plus que la
justice ne le demande, et que j'ai en leur
faveur un peu parlé contre ma conscience.
Mais, voulant corriger cet orgueil dont
certains pères bravent la foiblesse de leurs
petits, j'ai été obligé de faire comme ceux
qui, pour redresser un arbre tortu, le tirent
de l'autre côté, afin qu'il redevienne égale-

ment droit entre les deux contorsions. Ainsi, j'ai fait restituer aux pères ce qu'ils sont à leurs enfans, leur en ôtant beaucoup qui leur appartenoit, afin qu'une autre fois ils se contentassent du leur. Je sais bien encore que j'ai choqué, par cette apologie, tous les vieillards ; mais qu'ils se souviennent qu'ils ont été enfans avant que d'être pères, et qu'il est impossible que je n'aie parlé fort à leur avantage, puisqu'ils n'ont pas été trouvés sous une pomme de chou. Mais enfin, quoi qu'il en puisse arriver, quand mes ennemis se mettroient en bataille contre mes amis, je n'aurai que du bon, car j'ai servi tous les hommes, et je n'en ai desservi que la moitié. »

A ces mots, il se tut, et le fils de notre hôte prit ainsi la parole : « Permettez-moi, lui dit-il, puisque je suis informé, par votre soin, de l'Origine, de l'histoire, des Cou-

tumes, et de la Philosophie du Monde de
ce petit homme, que j'ajoute quelque chose
à ce que vous avez dit, et que je prouve que
les enfans ne sont point obligés à leurs
pères, de leur génération, parce que leurs
pères étoient obligés en conscience à les
engendrer.

« La Philosophie de leur Monde la plus
étroite confesse qu'il est plus avantageux
de mourir (à cause que, pour mourir, il faut
avoir vécu) que de n'être point. Or, puisqu'en ne donnant pas l'être à ce rien, je le
mets en un état pire que la mort, je suis
plus coupable de ne le pas produire que de
le tuer. Tu croirois cependant, ô mon petit
homme ! avoir fait un parricide indigne de
pardon, si tu avois égorgé ton fils ; il seroit
énorme, à la vérité, mais il est bien plus
exécrable de ne pas donner l'être à ce qui
le peut recevoir ; car cet enfant, à qui tu

ôtes la lumière pour toujours, eût eu la satisfaction d'en jouir quelque temps. Encore, nous savons qu'il n'en est privé que pour quelques siècles ; mais, pour ces pauvres quarante petits riens, dont tu pouvois faire quarante bons soldats à ton Roi ; tu les empêches malicieusement de venir au jour, et les laisses corrompre dans tes reins, au hasard d'une apoplexie qui t'étouffera... »

Cette réponse ne satisfit pas, à ce que je crois, le petit hôte, car il en hocha trois ou quatre fois la tête ; mais notre commun Précepteur se tut, parce que le repas étoit en impatience de s'envoler.

Nous nous étendîmes donc sur des matelas fort mollets, couverts de grands tapis ; et un jeune serviteur ayant pris le plus vieil de nos Philosophes, le conduisit dans une petite salle séparée : d'où mon Démon lui cria de nous venir retrouver, sitôt qu'il auroit mangé.

Cette fantaisie de manger à part me donna la curiosité d'en demander la cause : « Il ne goûte point, me dit-il, d'odeur de viande, ni même des herbes, si elles ne sont mortes d'elles-mêmes, à cause qu'il les pense capables de douleur. — Je me suis pas si surpris, répliquai-je, qu'il s'abstienne de la chair, et de toutes choses qui ont eu vie sensitive ; car, en notre Monde, les Pythagoriciens, et même quelques saints anachorètes ont usé de ce régime ; mais de n'oser, par exemple, couper un chou, de peur de le blesser, cela me semble tout à fait ridicule. — Et moi, répondit mon Démon je trouve beaucoup d'apparence en son opinion.

« Car, dites-moi, ce chou dont vous parlez n'est-il pas comme vous un être existant de la Nature ? Ne l'avez-vous pas tous

deux pour mère également? Encore,
semble-t-il qu'elle ait pourvu plus nécessairement à celle du végétant que du raisonnable, puisqu'elle a remis la génération
d'un homme aux caprices de son père, qui
peut, selon son plaisir, l'engendrer ou ne
l'engendrer pas : rigueur dont cependant
elle n'a pas voulu traiter avec le chou; car,
au lieu de remettre à la discrétion du père
de germer le fils, comme si elle eût appréhendé davantage que la race du chou pérît
que celle des hommes, elle les contraint,
bon gré, mal gré, de se donner l'être les
uns aux autres, et non pas ainsi que les
hommes, qui ne les engendrent que selon
leurs caprices, et qui en leur vie n'en peuvent engendrer au plus qu'une vingtaine,
au lieu que les choux en peuvent produire
quatre cent mille par tête. De dire que la
Nature a pourtant plus aimé l'homme que

le chou, c'est que nous nous chatouillons,
pour nous faire rire : étant incapable de
passion, elle ne sauroit ni haïr ni aimer
personne ; et, si elle étoit susceptible
d'amour, elle auroit plutôt des tendresses
pour ce chou que vous tenez, qui ne sauroit l'offenser, que pour cet homme qui vou-
droit la détruire, s'il le pouvoit. Ajoutez à
cela, que l'homme ne sauroit naître sans
crime, étant une partie du premier cri-
minel ; mais nous savons fort bien que le
premier chou n'offensa pas son Créateur.
Si on dit que nous sommes faits à l'image
du premier Être, et non pas le chou ? Quand
il seroit vrai, nous avons, en souillant notre
âme, par où nous lui ressemblons, effacé
cette ressemblance, puisqu'il n'y a rien de
plus contraire à Dieu que le péché. Si donc
notre âme n'est plus son portrait, nous ne
lui ressemblons pas plus par les pieds, par

les mains, par la bouche, par le front et par
les oreilles, que ce chou, par ses feuilles,
par ses fleurs, par sa tige, par son trognon et
par sa tête. Ne croyez-vous pas, en vérité,
si cette pauvre plante pouvoit parler, quand
on la coupe, qu'elle ne dît : « Homme, mon
cher frère, que t'ai-je fait qui mérite la
mort? Je ne crois que dans les jardins, et
l'on ne me trouve jamais en lieu sauvage,
où je vivrois en sûreté; je dédaigne toutes
les autres sociétés, hormis la tienne; et, à
peine suis-je semé dans ton jardin, que,
pour te témoigner ma complaisance, je
m'épanouis, je te tends les bras, je t'offre
mes enfans en graine, et, pour récompense
de ma courtoisie, tu me fais trancher la
tête! » Voilà le discours que tiendroit ce
chou, s'il pouvoit s'exprimer. Hé quoi! à
cause qu'il ne sauroit se plaindre, est-ce à
dire que nous pouvons justement lui faire

tout le mal qu'il ne sauroit empêcher? Si
je trouve un misérable lié, puis-je sans
crime le tuer, à cause qu'il ne peut se défendre? Au contraire, sa foiblesse aggrave-
roit ma cruauté; car, combien que cette
misérable créature soit pauvre et dénuée
de tous nos avantages, elle ne mérite pas
la mort. Quoi! de tous les biens de l'être,
elle n'a que celui de rejeter, et nous le
lui arrachons. Le péché de massacrer un
homme n'est pas si grand, parce qu'un
jour il revivra, que de couper un chou et
lui ôter la vie, à lui qui n'en a point d'autre
à espérer. Vous anéantissez le chou, en le
faisant mourir; mais, en tuant un homme,
vous ne faites que changer son domicile; et
je dis bien plus, puisque Dieu chérit également ses ouvrages, et qu'il a partagé ses
bienfaits également entre nous et les
plantes, qu'il est très-juste de les consi-

dérer également comme nous. Il est vrai
que nous naquîmes les premiers; mais,
dans la famille de Dieu, il n'y a point de
droit d'aînesse : si donc les choux n'eurent
point de part avec nous du fief de l'immortalité, ils furent sans doute avantagés, de
quelque autre qui, par sa grandeur, récom-
pensât sa brièveté; c'est peut-être un intel-
lect universel, une connoissance parfaite
de toutes les choses dans leurs causes; et
c'est aussi pour cela que ce sage Moteur ne
leur a point taillé d'organes semblables
aux nôtres, qui n'ont qu'un simple raisonnement foible et souvent trompeur, mais
d'autres plus ingénieusement travaillés,
plus forts et plus nombreux, qui servent à
l'opération de leurs spéculatifs entretiens.
Vous me demanderez peut-être ce qu'ils
nous ont jamais communiqué de ces grandes
pensées? Mais, dites-moi, que nous ont

jamais enseigné certains êtres, que nous admettons au-dessus de nous, avec lesquels nous n'avons aucun rapport ni proportion, et dont nous comprenons l'existence aussi difficilement que l'intelligence et les façons avec lesquelles un chou est capable de s'exprimer à ses semblables, et non pas à nous, à cause que nos sens sont trop foibles pour pénétrer jusque-là ?

« Moïse, le plus grand de tous les Philosophes, et qui puisoit la connoissance de la Nature dans la source de la Nature même, signifioit cette vérité, lorsqu'il parloit de l'Arbre de Science, et il vouloit sans doute nous enseigner, sous cette énigme, que les plantes possèdent, privativement à nous, la Philosophie parfaite. Souvenez-vous donc, ô de tous les animaux le plus superbe ! qu'encore qu'un chou que vous coupez ne dise mot, il n'en pense pas moins. Mais le pauvre végétant n'a pas des organes propres à hurler comme vous; il n'en a pas pour frétiller ni pour pleurer; il en a toutefois, par lesquels il se plaint du tort que vous lui faites, et par lesquels il attire sur vous la vengeance du Ciel. Que si enfin vous insistez à me demander comment je sais que les choux ont ces belles pensées, je vous demande comment vous savez qu'ils ne les ont point, et que tel d'entre eux, à votre imitation, ne dise pas le soir, en s'enfermant : « Je suis, monsieur le Chou Frisé, votre très humble serviteur, CHOU CABUS. »

Il en étoit là de son discours, quand ce jeune garçon qui avoit emmené notre Philosophe le ramena. « Eh quoi ! déjà dîné ? » lui cria mon Démon. Il répondit que oui, à l'issue près, d'autant que le Physionome lui

avoit permis de tâter de la nôtre. Le jeune
hôte n'attendit pas que je lui demandasse
l'explication de ce mystère : « Je vois,
dit-il, que cette façon de vivre vous étonne.
Sachez donc, quoiqu'en votre Monde on
gouverne la santé plus négligemment, que
le régime de celui-ci n'est pas à mépriser.

« Dans toutes les maisons, il y a un Physionome, entretenu du public, qui est à peu
près ce qu'on appelleroit chez vous un médecin, hormis qu'il n'y gouverne que les
sains et qu'il ne juge des diverses façons
dont il nous fait traiter, que par la proportion, figure et symétrie de nos membres,
par les linéamens du visage, le coloris de
la chair, la délicatesse du cuir, l'agileté de
la masse, le son de la voix, la teinture, la
force et la dureté du poil. N'avez-vous pas
tantôt pris garde à un homme, de taille
assez courte, qui vous a considéré ? C'étoit

le Physionome de céans. Assurez-vous
que, selon qu'il a reconnu votre com-
plexion, il a diversifié l'exhalaison de votre
dîner. Regardez combien le matelas où
l'on vous a fait coucher est éloigné de nos
lits : sans doute qu'il vous a jugé d'un
tempérament bien éloigné du nôtre, puisqu'il a craint que l'odeur qui s'évapore de
ces petits robinets sous notre nez ne
s'épandît jusqu'à vous, ou que la vôtre
ne fumât jusqu'à nous. Vous le verrez, ce
soir, qui choisira les fleurs pour votre lit
avec la même circonspection. » Pendant
tout ce discours, je faisois signe à mon
hôte qu'il tâchât d'obliger les Philosophes
à tomber sur quelque chapitre de la science
qu'ils professoient; il m'étoit trop ami,
pour n'en pas faire naître aussitôt l'occasion ; c'est poúrquoi je ne vous dirai point
ni les discours ni les prières qui firent

l'ambassade de ce traité : aussi bien, la
nuance du ridicule au sérieux fut trop imperceptible pour pouvoir être imitée. Tant
y a, lecteur, que le dernier venu de ces
Docteurs, après plusieurs autres choses,
continua ainsi :

« Il me reste à prouver qu'il y a des
Mondes infinis dans un Monde infini. Re-
présentez-vous donc l'univers comme un
animal ; que les étoiles, qui sont des
Mondes, sont dans ce grand animal,
comme d'autres grands animaux, qui
servent réciproquement de mondes à
d'autres peuples, tels que nous, nos che-
vaux, etc., et que nous, à notre tour,
sommes aussi des Mondes à l'égard de
certains animaux encore plus petits sans
comparaison que nous, comme sont certains vers, des poux, des cirons ; que
ceux-ci sont la Terre d'autres plus imper-

ceptibles ; qu'ainsi, de même que nous paroissons chacun en particulier un grand Monde à ce petit peuple, peut-être que notre chair, notre sang, nos esprits, ne sont autre chose qu'une tissure de petits animaux qui s'entretiennent, nous prêtent mouvement par le leur, et, se laissant aveuglément conduire à notre volonté qui leur sert de cocher, nous conduisent nous-mêmes, et produisent tous ensemble cette action que nous appelons la Vie. Car, dites-moi, je vous prie, est-il malaisé à croire qu'un pou prenne votre corps pour un Monde, et que, quand quelqu'un d'eux voyage depuis l'une de vos oreilles jusqu'à l'autre, ses compagnons disent qu'il a voyagé aux deux bouts de la Terre ou qu'il a couru de l'un à l'autre Pôle ? Oui, sans doute, ce petit peuple prend votre poil pour les forêts de son pays, les pores

pleins de pituite pour des fontaines, les
bubes pour des lacs et des étangs, les
apostumes pour des mers, les défluxions
pour des déluges ; et, quand vous vous
peignez en devant et en arrière, ils
prennent cette agitation pour le flux et le
reflux de l'Océan. La démangeaison ne
prouve-t-elle pas mon dire ? Le ciron qui
la produit, est-ce autre chose qu'un de ces
petits animaux qui s'est dépris de la société
civile pour s'établir tyran de son pays? Si
vous me demandez d'où vient qu'ils sont
plus grands que ces autres imperceptibles,
je vous demande pourquoi les éléphans
sont plus grands que nous, et les Hiber-
nois, que les Espagnols ? Quant à cette
ampoule et cette croûte dont vous ignorez
la cause, il faut qu'elles arrivent, ou par
la corruption de leurs ennemis que ces
petits géans ont massacrés, ou que la

peste, produite par la nécessité des alimens dont les séditieux se sont gorgés, ait
laissé pourrir dans la campagne des mon-
ceaux de cadavres, ou que ce tyran, après
avoir tout autour de soi chassé ses compagnons qui de leurs corps bouchoient les
pores du nôtre, ait donné passage à la
pituite, laquelle, étant extraversée hors la
sphère de la circulation de notre sang, s'est
corrompue. On me demandera peut-être
pourquoi un ciron en produit tant d'autres?
Ce n'est pas chose malaisée à concevoir ;
car, de même qu'une révolte en produit
une autre, aussi ces petits peuples, poussés
du mauvais exemple de leurs compagnons
séditieux, aspirent chacun au commandement, allumant partout la guerre, le mas-
sacre et la faim. Mais, me direz-vous, certaines personnes sont bien moins sujettes
à la démangeaison que d'autres. Cependant

chacun est rempli également de ces petits animaux, puisque ce sont eux, dites-vous, qui font la vie. Il est vrai ; aussi, remarquons-nous que les phlegmatiques sont moins en proie à la gratelle que les bilieux, à cause que le peuple, sympathisant au climat qu'il habite, est plus lent en un corps froid ; qu'un autre, échauffé par la température de sa région, qui pétille, se remue, et ne sauroit demeurer en une place. Ainsi, le bilieux est plus délicat que le flegmatique, parce qu'étant animé en bien plus de parties, et l'âme étant l'action de ces petites bêtes, il est capable de sentir en tous les endroits où ce bétail se remue ; au lieu que le phlegmatique, n'étant pas assez chaud pour faire agir qu'en peu d'endroits cette remuante populace, n'est sensible qu'en peu d'endroits. Et, pour prouver encore cette cironité universelle, vous n'avez qu'à considérer, quand vous êtes blessé, comment le sang accourt à la plaie. Vos docteurs disent qu'il est guidé par la prévoyante Nature qui veut secourir les parties débilitées : ce qui feroit conclure qu'outre l'âme et l'esprit il y auroit encore en nous une troisième substance intellectuelle qui auroit ses fonctions et ses organes à part. C'est pourquoi je trouve bien plus probable de dire que ces petits animaux, se sentant attaqués, envoient chez leurs voisins demander du secours, et qu'étant arrivés de tous côtés, et le pays se trouvant incapable de tant de gens, ou ils meurent de faim, ou étouffent dans la presse. Cette mortalité arrive, quand l'apostume est mûre ; car, pour témoigner qu'alors ces animaux sont étouffés, c'est que la chair pourrie devient insensible ; que si bien souvent la saignée, qu'on

ordonne pour divertir la fluxion, profite,
c'est à cause que, s'en étant perdu beaucoup par l'ouverture que ces petits animaux tâchoient de boucher, ils refusent
d'assister leurs alliés, n'ayant que médio-
crement la puissance de se défendre
chacun chez soi. »

Il acheva ainsi, quand le second Philosophe s'aperçut que nos yeux assemblés
sur les siens l'exhortoient de parler à son
tour.

« Hommes, dit-il, vous voyant curieux
d'apprendre à ce petit animal, notre semblable, quelque chose de la science que
nous professons, je dicte maintenant un
Traité que je serois bien aise de lui produire, à cause des lumières qu'il donne à
l'intelligence de notre Physique, c'est l'explication de l'origine éternelle du Monde.
Mais, comme je suis empressé de faire tra-

vailler mes soufflets (car demain la Ville part), vous pardonnerez au temps, avec promesse toutefois qu'aussitôt qu'elle sera arrivée où elle doit aller, je vous satisferai. »

A ces mots, le fils de l'Hôte appela son père pour savoir quelle heure il étoit ; mais, ayant répondu qu'il étoit huit heures sonnées, il lui demanda tout en colère pourquoi il ne les avoit pas avertis à sept, comme il le lui avoit commandé ; qu'il savoit bien que les maisons partoient le lendemain, et que les murailles de la ville étoient déjà parties. « Mon fils, répliqua le bonhomme, on a publié, depuis que vous êtes à table, une défense expresse de partir avant après-demain. — N'importe, repartit le jeune homme ; vous devez obéir aveuglément, ne point pénétrer dans mes ordres, et vous souvenir seulement de ce

que je vous ai commandé. Vite, allez querir
votre effigie. » Lorsqu'elle fut apportée, il
la saisit par le bras, et la fouetta un gros
quart d'heure. « Or sus ! vaurien, continua-t-il, en punition de votre désobeissance,
je veux que vous serviez aujourd'hui de ri-
sée à tout le monde, et, pour cet effet, je
vous commande de ne marcher que sur
deux pieds le reste de la journée. » Le
pauvre homme sortit fort éploré, et son fils
nous fit des excuses de son emportement.

J'avois bien de la peine, quoique je me
mordisse les lèvres, à m'empêcher de rire
d'une si plaisante punition, et cela fut
cause que, pour rompre cette burlesque
pédagogie qui m'auroit sans doute fait
éclater, je le suppliai de me dire ce qu'il
entendoit par ce voyage de la Ville, dont
tantôt il avoit parlé ; et si les maisons et
les murailles cheminoient. Il me répondit :

« Entre nos Villes, cher étranger, il y en a
de mobiles et de sédentaires ; les mobiles,
comme par exemple celle où nous sommes
maintenant, sont faites comme je vais vous
dire. L'architecte construit chaque Palais,
ainsi que vous voyez, d'un bois fort léger ;
il pratique dessous quatre roues ; dans
l'épaisseur de l'un des murs, il place dix
gros soufflets, dont les tuyaux passent,
d'une ligne horizontale, à travers le dernier
étage, de l'un à l'autre pignon, en sorte
que, quand on veut traîner les Villes autre
part (car on les change d'air à toutes les
saisons), chacun déplie sur l'un des côtés
de son logis quantité de larges voiles au-
devant des soufflets ; puis, ayant bandé un
ressort pour les faire jouer, leurs maisons,
en moins de huit jours, avec les bouffées
continuelles que vomissent ces monstres à
vent, sont emportées, si on veut, à plus de

cent lieues. Quant à celles que nous appelons *sédentaires*, les logis en sont presque
semblables à vos tours, hormis qu'ils sont
de bois, et qu'ils sont percés au centre
d'une grosse et forte vis, qui règne de la
cave jusqu'au toit, pour les pouvoir hausser
et baisser à discrétion. Or, la terre est
creusée aussi profond que l'édifice est
élevé, et le tout est construit de cette sorte,
afin qu'aussitôt que les gelées commencent
à morfondre le Ciel, ils puissent descendre
leurs maisons en terre, où ils se tiennent
à l'abri des intempéries de l'air. Mais, sitôt
que les douces haleines du printemps
viennent à le radoucir, ils remontent au
jour, par le moyen de leur grosse vis, dont
je vous ai parlé. Je le priai, puisqu'il avoit
déjà eu tant de bonté pour moi, et que la
Ville partoit le lendemain, de me dire
quelque chose de cette origine éternelle du

Monde, dont il m'avoit parlé quelque temps auparavant : « Et je vous promets, lui dis-je, qu'en récompense, sitôt que je serai de retour dans ma Lune, dont mon gouverneur (je lui montrai mon Démon) vous témoignera que je suis venu, j'y sèmerai votre gloire, en y racontant les belles choses que vous m'aurez dites. Je vois bien que vous riez de cette promesse, parce que vous ne croyez pas que la Lune dont je vous parle soit un Monde, et que j'en suis un habitant ; mais je vous puis assurer aussi que les peuples de ce Monde-là, qui ne prennent celui-ci que pour une Lune, se moqueront de moi, quand je dirai que votre Lune est un Monde, et qu'il y a des campagnes avec des habitans. » Il ne me répondit que par un souris, et parla ainsi :

« Puisque nous sommes contraints, quand nous voulons recourir à l'origine de

ce grand Tout, d'encourir trois ou quatre
absurdités, il est bien raisonnable de
prendre le chemin qui nous fait le moins
broncher. Je dis donc que le premier
obstacle qui nous arrête, c'est l'éternité du
Monde ; et l'esprit des hommes n'étant pas
assez fort pour la concevoir, et ne pouvant
non plus s'imaginer que ce grand univers,
si beau, si bien réglé, pût s'être fait soi-
même, ils ont eu recours à la création ;
mais, semblable à celui qui s'enfonceroit
dans la rivière, de peur d'être mouillé de
la pluie, ils se sauvent, des bras nains, à la
miséricorde d'un géant ; encore, ne s'en
sauvent-ils pas ; car cette éternité, qu'ils
ôtent au Monde pour ne l'avoir pu comprendre, ils la donnent à Dieu, comme s'il
avoit besoin de ce présent, et comme s'il
étoit plus aisé de l'imaginer dans l'un que
dans l'autre. Car, dites-moi, je vous prie,

a-t-on jamais conçu comment de rien il se
peut faire quelque chose ? Hélas ! entre
rien et un atome seulement, il y a des pro-
portions tellement infinies, que la cervelle
la plus aiguë n'y sauroit pénétrer ; il faudra,
pour échapper à ce labyrinthe inexplicable,
que vous admettiez une matière éternelle
avec Dieu. Mais, me direz-vous, quand je
vous accorderois la matière éternelle,
comment ce chaos s'est-il arrangé de soi-
même ? Ah ! je vous le vais expliquer.

« Il faut, ô mon petit animal ! après avoir
séparé mentalement chaque petit corps visible en une infinité de petits corps invi-
sibles, s'imaginer que l'Univers infini n'est
composé d'autre chose que de ces atomes
infinis, très-solides, très-incorruptibles et
très-simples, dont les uns sont cubiques, les
autres parallélogrammes, d'autres angu-
laires, d'autres ronds, d'autres pointus,

d'autres pyramidaux, d'autres hexagones, d'autres ovales, qui tous agissent diversement chacun selon sa figure. Et qu'ainsi ne soit, posez une boule d'ivoire ronde sur un lieu fort uni : à la moindre impression que vous lui donnerez, elle sera un demi-quart d'heure sans s'arrêter. Or, j'ajoute que, si elle étoit aussi parfaitement ronde que le sont quelques-uns de ces atomes dont je parle, et la surface où elle seroit posée, parfaitement unie, elle ne s'arrêteroit jamais. Si donc l'art est capable d'incliner un corps au mouvement perpétuel, pourquoi ne croirons-nous pas que la Nature le puisse faire? Il en est de même des autres figures, desquelles l'une, comme carrée, demande le repos perpétuel, d'autres un mouvement de côté, d'autres un demi-mouvement comme de trépidation ; et la ronde, dont l'être est de se remuer, venant à se joindre à la pyramidale, fait peut-être ce que nous appelons *feu*, parce que non-seulement le feu s'agite sans se reposer, mais perce et pénètre facilement. Le feu a, outre cela, des effets différens, selon l'ouverture et la qualité des angles, où la figure ronde se joint, comme par exemple le feu du poivre est autre chose que le feu du sucre, le feu du sucre que celui de la cannelle, celui de la cannelle que celui du clou de girofle, et celui-ci que le feu du fagot. Or, le feu, qui est le constructeur des parties et du Toùt de l'Univers, a poussé et ramassé dans un chêne la quantité des figures nécessaires à composer ce chêne. Mais, me direz-vous, comment le hasard peut-il avoir ramassé en un lieu toutes les choses nécessaires à produire ce chêne ? Je vous réponds que ce n'est pas merveille que la matière, ainsi disposée, ait formé un chêne ; mais que la merveille eût été plus grande, si, la matière ainsi disposée, le chêne n'eût pas été produit ; un peu moins de certaines figures, c'eût été un orme, un peuplier, un saule ; un peu plus de certaines figures, c'eût été la plante sensitive, une huître à l'écaille, un ver, une mouche, une grenouille, un moineau, un singe, un homme. Quand, ayant jeté trois dés sur une table, il arrive rafle de deux, ou bien de trois, quatre et cinq, ou bien deux six et un, direz-vous : « O le grand miracle ! A chaque dé, il « est arrivé le même point, tant d'autres points pouvant arriver ! O le grand miracle ! il est arrivé trois points qui se suivent. O le grand miracle ! il est arrivé justement deux fiches, et le dessous de l'autre fiche ! » Je suis assuré qu'étant homme d'esprit, vous ne ferez jamais ces exclamations, car, puisqu'il n'y a sur les dés qu'une certaine

quantité de nombres, il est impossible qu'il
n'en arrive quelqu'un. Et, après cela, vous
vous étonnez comment cette matière,
brouillée pêle-mêle au gré du hasard, peut
avoir constitué un homme, vu qu'il y avoit
tant de choses nécessaires à la construction
de son être. Vous ne savez donc pas qu'un
million de fois cette matière, s'acheminant
au dessein d'un homme, s'est arrêtée à
former tantôt une pierre, tantôt du plomb,
tantôt du corail, tantôt une fleur, tantôt
une comète, et tout cela à cause du plus ou
du moins de certaines figures qu'il falloit, ou
qu'il ne falloit pas, à désigner un homme ?
Si bien que ce n'est pas merveille qu'entre
une infinité de matières qui changent et se
remuent incessamment, elles aient rencontré à faire le peu d'animaux, de végé-
taux, de minéraux que nous voyons ; non
plus que ce n'est pas merveille qu'en cent

coups de dés il arrive une rafle ; aussi bien est-il impossible que de ce remuement il ne se fasse quelque chose, et cette chose sera toujours admirée d'un étourdi qui ne saura pas combien peu s'en est fallu qu'elle n'ait pas été faite. Quand la grande rivière de *Fa* — *la* — *do* — *la* — *fa* fait moudre un moulin, conduit les ressorts d'une horloge, et que le petit ruisseau de *Fa* — *la* — *do* — *do* ne fait que couler et se dérober quelquefois, vous ne direz pas que cette rivière a bien de l'esprit, parce que vous savez qu'elle a rencontré les choses disposées à faire tous ces beaux chefs-d'œuvre ; car, si son moulin ne se fût pas trouvé dans son cours, elle n'auroit pas pulvérisé le froment ; si elle n'eût point rencontré l'horloge, elle n'auroit pas marqué les heures ; et, si le petit ruisseau dont j'ai parlé avoit eu la même rencontre, il auroit fait les mêmes miracles. Il

en va tout ainsi de ce feu qui se meut de
soi-même, car, ayant trouvé les organes
propres à l'agitation nécessaire pour rai-
sonner, il a raisonné ; quand il en a trouvé
de propres seulement à sentir, il a senti ;
quand il en a trouvé de propres à végéter,
il a végété ; et qu'ainsi ne soit, qu'on crève
les yeux de cet homme que le feu de cette
âme fait voir, il cessera de voir, de même
que notre grande horloge cessera de marquer les heures, si l'on en brise le mouvement.

« Enfin, ces premiers et indivisibles
atomes font un cercle, sur qui roulent sans
difficulté les difficultés les plus embarrassantes de la Physique ; il n'est pas jusqu'à
l'opération des sens que personne n'a pu
encore bien concevoir, que je n'explique
fort aisément par les petits corps. Commen-
çons par la vue : elle mérite, comme la

plus incompréhensible, notre premier début.

« Elle se fait donc, à ce que je m'imagine, quand les tuniques de l'œil, dont les pertuis sont semblables à ceux du verre, transmettent cette poussière de feu, qu'on appelle *rayons visuels*, et qu'elle est arrêtée par quelque matière opaquée qui la fait rejaillir chez soi ; car, alors, rencontrant en chemin l'image de l'objet qui l'a repoussée, et cette image n'étant qu'un nombre infini de petits corps qui s'exhalent continuellement, en égale superficie, du sujet regardé, elle la pousse jusqu'à notre œil. Vous ne manquerez pas de m'objecter que le verre est un corps opaque et fort serré, et que cependant, au lieu de rechasser ces autres petits corps, il s'en laisse pénétrer ? Mais je vous réponds que ces pores du verre sont taillés de même figure que ces atomes de feu qui le traversent,

et que, comme un crible à froment n'est pas
propre à l'avoine ni un crible à avoine à
cribler du froment, ainsi une boîte de sa-
pin, quoique mince et qu'elle laisse pénétrer les sons, n'est pas pénétrable à la vue ;
et une pièce de cristal, quoique transpa-
rente, qui se laisse percer à la vue, n'est
pas pénétrable au toucher. » Je ne pus là
m'empêcher de l'interrompre. » Un grand
Poëte et Philosophe de notre Monde, lui
dis-je, a parlé après Épicure, et lui, après
Démocrite, de ces petits corps, presque
comme vous ; c'est pourquoi vous ne me
surprenez point par ce discours ; et je vous
prie, en le continuant, de me dire comment,
par ces principes, vous expliqueriez la
façon de vous peindre dans un miroir ? —
Il est fort aisé, me répliqua-t-il ; car figurez-
vous que ces feux de votre œil ayant tra-
versé la glace, et rencontrant derrière un

corps non diaphane qui les rejette, ils re-
passent par où ils étoient venus ; et, trouvant ces petits corps cheminant en superficies égales sur le miroir, ils les rappellent
à nos yeux ; et notre imagination, plus
chaude que les autres facultés de notre
âme, en attire le plus subtil, dont elle fait
chez soi un portrait en raccourci.

» L'opération de l'ouïe n'est pas plus
malaisée à concevoir, et, pour être plus
succinct, considérons-la seulement dans
l'harmonie d'un luth touché par les mains
d'un maître de l'art. Vous me demanderez
comment il se peut faire que j'aperçoive si
loin de moi une chose que je ne vois point?
Est-ce qu'il sort de mes oreilles une éponge
qui boit cette musique pour me la rappor-
ter? ou ce joueur engendre-t-il dans ma
tête un autre petit joueur avec un petit
luth, qui ait ordre de me chanter comme

un écho les mêmes airs ? Non ; mais ce miracle procède de ce que la corde tirée venant à frapper de petits corps dont l'air est
composé, elle le chasse dans mon cerveau ;
le perçant doucement avec ces petits riens
corporels ; et, selon que la corde est ban-
dée, le son est haut, à cause qu'elle pousse
les atomes plus vigoureusement ; et l'organe, ainsi pénétré, en fournit à la fantaisie de quoi faire son tableau ; si trop peu,
il arrive que, notre mémoire n'ayant pas
encore achevé son image, nous sommes
contraints de lui répéter le même son, afin
que, des matériaux que lui fournissent, par
exemple, les mesures d'une sarabande, elle
en prenne assez pour achever le portrait de
cette sarabande. Mais cette opération n'a
rien de si merveilleux que les autres, par
lesquelles, à l'aide du même organe, nous
sommes émus tantôt à la joie, tantôt à la

colère..... Et cela se fait, lorsque, dans ce
mouvement, ces petits corps en rencontrent
d'autres, en nous remués de même façon,
ou que leur propre figure rend susceptibles
du même ébranlement ; car alors les nou-
veaux venus excitent leurs hôtes à se remuer comme eux ; et, de cette façon, lorsqu'un air violent rencontre le feu de notre
sang, il le fait incliner au même branle, et
il l'anime à se pousser dehors : c'est ce que
nous appelons *ardeur de courage*. Si le
son est plus doux, et qu'il n'ait la force de
soulever qu'une moindre flamme plus ébran-
lée, en la promenant le long des nerfs, des
membranes et des pertuis de notre chair,
elle excite ce chatouillement qu'on appelle
joie. Il en arrive ainsi de l'ébullition des
autres passions, selon que ces petits corps
sont jetés plus ou moins violemment sur
nous, selon le mouvement qu'ils reçoivent

par la rencontre d'autres branles, et selon qu'ils trouvent à remuer chez nous ; c'est quant à l'ouïe.

» Le démonstration du toucher n'est pas maintenant plus difficile, en concevant que de toute matière palpable il se fait une émission perpétuelle de petits corps, et qu'à mesure que nous la touchons, il s'en évapore davantage, parce que nous les épreignons du sujet même, comme l'eau d'une éponge, quand nous la pressons. Les durs viennent faire à l'organe le rapport de leur solidité ; les souples de leur mollesse ; les raboteux, etc. Et qu'ainsi ne soit, nous ne sommes plus si fins à discerner par l'attouchement, avec des mains usées de travail, à cause de l'épaisseur du cal, qui, pour n'être ni poreux, ni animé, ne transmet que fort malaisément ces fumées de la matière. Quelqu'un désirera d'apprendre où l'or-

gane de toucher tient son siège? Pour moi,
je pense qu'il est répandu dans toutes les
superficies de la masse, vu qu'il sent dans
toutes ses parties. Je m'imagine, toutefois,
que plus nous tâtons par un membre proche
de la tête, et plus vite nous distinguons;
ce qui se peut expérimenter, quand, les
yeux clos, nous patinons quelque chose,
car nous la devinons plus facilement; et,
si, au contraire, nous la tâtions du pied,
nous aurions plus de peine à la connoître.
Cela provient de ce que, notre peau étant
partout criblée de petits trous, nos nerfs,
dont la matière n'est pas plus serrée, perdent en chemin beaucoup de ces petits
atomes par les menus pertuis de leur con-
texture, avant que d'être arrivés jusqu'au
cerveau, qui est le terme de leur voyage. Il
me reste à parler de l'odorat et du goût.

» Dites-moi, lorsque je goûte un fruit,

n'est-ce pas à cause de la chaleur de la
bouche, qu'il fond? Avouez-moi donc que,
y ayant dans une poire des sels, et que la
dissolution les partageant en petits corps
d'autre figure que ceux qui composent la
saveur d'une pomme, il faut qu'ils percent
notre palais d'une manière bien différente,
tout ainsi que l'escarre, enfoncé par le fer
d'une pique qui me traverse, n'est pas semblable à ce que me fait souffrir en sursaut la balle d'un pistolet, et de même
que la balle de ce pistolet m'imprime
une autre douleur que celle d'un carreau
d'acier.

» De l'odorat, je n'ai rien à dire, puisque
les Philosophes mêmes confessent qu'il se
fait par une émission continuelle de petits
corps.

» Je m'en vais, sur ce principe, vous
expliquer la création, l'harmonie et l'in-

fluence des globes célestes avec l'immuable
variété des météores. »

Il alloit continuer ; mais le vieil Hôte
entra là-dessus, qui fit songer notre Philosophe à la retraite. Il apportoit des cristaux
pleins de vers luisans, pour éclairer la
salle ; mais, comme ces petits feux-insectes
perdent beaucoup de leur éclat, quand ils
ne sont pas nouvellement amassés, ceux-
ci, vieux de dix jours, n'écloiroient presque
point. Mon Démon n'attendit pas que la
compagnie en fût incommodée ; il monta
dans son cabinet, et en redescendit aussitôt avec deux boules de feu si brillantes,
que chacun s'étonna comment il ne se brûloit point les doigts. « Ces flambeaux in-
combustibles, dit-il, nous serviront mieux
que vos pelotons de verre. Ce sont des
rayons du Soleil, que j'ai purgés de leur
chaleur ; autrement, les qualités corrosives

de son feu auroient blessé votre vue en
l'éblouissant. J'en ai fixé la lumière, et l'ai
renfermée dans ces boules transparentes
que je tiens. Cela ne vous doit pas fournir
un grand sujet d'admiration, car il ne m'est
pas plus difficile à moi, qui suis né dans le
Soleil, de condenser ses rayons, qui sont
la poussière de ce Monde-là, qu'à vous,
d'amasser de la poussière ou des atomes
qui sont de la terre pulvérisée de celui-ci.
Là-dessus, notre Hôte envoya un Valet
conduire les Philosophes, parce qu'il étoit
nuit, avec une douzaine de globes à verres
pendus à ses quatre pieds. Pour nous
autres (savoir : mon Précepteur et moi),
nous nous couchâmes, par l'ordre du Physionome. Il me mit cette fois là dans une
chambre de violettes et de lis, et m'envoya
chatouiller à l'ordinaire ; et le lendemain,
sur les neuf heures, je vis entrer mon Dé-

mon, qui me dit qu'il venoit du Palais... où
l'une des Demoiselles de la Reine l'avoit
prié de l'aller trouver, et qu'elle s'étoit
enquise de moi, témoignant qu'elle persis-
toit toujours dans le dessein de me tenir
parole, c'est-à-dire que, de bon cœur, elle
me suivroit si je la voulois mener avec moi
dans l'autre Monde. « Ce qui m'a fort édi-
fié, continua-t-il, c'est quand j'ai reconnu
que le motif principal de son voyage étoit
de se faire Chrétienne. Ainsi, je lui ai promis d'aider son dessein de toutes mes
forces, et d'inventer, pour cet effet, une
machine capable de tenir trois ou quatre
personnes, dans laquelle vous pourrez monter ensemble dès aujourd'hui. Je vais m'ap-
pliquer sérieusement à l'exécution de cette
entreprise : c'est pourquoi, afin de vous
divertir, pendant que je ne serai point avec
vous, voici un Livre que je vous laisse. Je

l'apportai jadis de mon pays natal ; il est intitulé : les *États* et *Empires de la Lune*, avec une *Addition de l'Histoire de l'Étincelle*. Je vous donne encore celui-ci, que j'estime beaucoup davantage ; c'est le *Grand Œuvre des Philosophes*, qu'un des plus forts esprits du Soleil a composé.

Il prouve là-dedans que toutes choses sont vraies, et déclare la façon d'unir physiquement les vérités de chaque contradictoire, comme, par exemple, que le blanc est noir, et que le noir est blanc ; qu'on peut être et n'être pas, en même temps ; qu'il peut y avoir une montagne sans vallée ; que le néant est quelque chose, et que toutes les choses qui sont ne sont point. Mais remarquez qu'il prouve tous ces inouïs paradoxes sans aucune raison captieuse ou sophistique. Quand vous serez ennuyé de lire, vous pourrez vous promener, ou vous en-

tretenir avec le fils de notre Hôte : son esprit a beaucoup de charmes ; ce qui me dé-
plaît en lui, c'est qu'il est impie. S'il lui arrive de vous scandaliser, ou de faire par
quelque raisonnement chanceler votre foi,
ne manquez pas aussitôt de me le venir
proposer, je vous en résoudrai les difficultés. Un autre vous ordonneroit de rompre
compagnie ; mais, comme il est extrêmement vain, je suis assuré qu'il prendroit
cette fuite pour une défaite, et il se figure-
roit que notre croyance seroit sans raison,
si vous refusiez d'entendre les siennes. »
Il me quitta en achevant ces mots ; mais il
fut à peine sorti, que je me mis à considérer attentivement mes Livres, et leurs
boîtes, c'est-à-dire leurs couvertures, qui
me sembloient admirables pour leurs ri-
chesses ; l'une étoit taillée d'un seul dia-
mant, sans comparaison plus brillant que

les nôtres ; la seconde ne paroissoit qu'une monstrueuse perle fendue en deux. Mon Démon avoit traduit ces Livres en langage de ce monde ; mais, parce que je n'en ai point de leur imprimerie, je m'en vais expliquer la façon de ces deux volumes.

A l'ouverture de la boîte, je trouvai, dans un je ne sais quoi de métail presque semblable à nos horloges, plein de je ne sais quelques petits ressorts et de machines imperceptibles. C'est un Livre à la vérité ; mais c'est un Livre miraculeux, qui n'a ni feuillets ni caractères ; enfin, c'est un Livre où, pour apprendre, les yeux sont inutiles : on n'a besoin que des oreilles. Quand quelqu'un donc souhaite lire, il bande, avec grande quantité de toutes sortes de petits nerfs, cette machine ; puis il tourne l'aiguille sur le chapitre qu'il désire écouter, et au même temps il en sort, comme de la bouche d'un homme, ou d'un instrument de musique, tous les sons distincts et différens qui servent, entre les grands Lunaires, à l'expression du langage...

Quatre d'entre eux portoient sur leurs épaules une espèce de cercueil enveloppé de noir. Je m'informai, d'un regardant, ce que vouloit dire ce convoi semblable aux pompes funèbres de mon Pays; il me répondit que ce méchant... et nommé du peuple par une chiquenaude sur le genou droit, qui avoit été convaincu d'envie et d'ingratitude, étoit décédé le jour précédent, et que le Parlement l'avoit condamné, il y avoit plus de vingt ans, à mourir, dans son lit, et puis à être enterré après sa mort. Je me pris à rire de cette réponse; et lui, m'interrogeant pourquoi :
« Vous m'étonnez, dis-je, de dire que ce qui est une **marque** de bénédiction dans

notre Monde, comme la longue vie, une
mort paisible, une sépulture honorable,
serve en celui-ci d'une punition exemplaire.
— Quoi ! vous prenez la sépulture pour
quelque chose de précieux ! me repartit cet
homme. Et, par votre foi, pouvez-vous concevoir quelque chose de plus épouvantable
qu'un cadavre marchant sous les vers dont
il regorge, à la merci des crapauds qui lui
mâchent les joues ; enfin, la peste revêtue
du corps d'un homme ? Bon Dieu ! la seule
imagination d'avoir, quoique mort, le visage embarrassé d'un drap, et sur la bouche une pique de terre, me donne de la
peine à respirer ! Ce misérable que vous
voyez porter, outre l'infamie d'être assisté
dans une fosse, a été condamné d'être assisté, dans son convoi, de cent cinquante
de ses amis, et commandement à eux, en
punition d'avoir aimé un envieux et un in-

grat, de paroître à ses funérailles avec un
visage triste ; et, sans que les Juges en ont
eu pitié, imputant en partie ses crimes à son
peu d'esprit, ils auroient ordonné d'y pleurer. Hormi les criminels, on brûle ici tout
le monde ; aussi, est-ce une coutume très
raisonnable ; car nous croyons que, le feu
ayant séparé le pur d'avec l'impur, la chaleur rassemble par sympathie cette chaleur
naturelle qui faisoit l'âme et lui donne la
force de s'élever toujours, en montant
jusque quelque astre, la terre de certains
peuples plus immatériels que nous et plus
intellectuels, parce que leur tempérament
doit répondre et participer à la pureté du
globe qu'ils habitent.

» Ce n'est pas encore notre façon d'in-
humer la plus belle. Quand un de nos Philosophes vient à un âge où il sent ramollir
son esprit, **et la glace de** ses ans en-

gourdir les mouvemens de son âme, il as-
semble ses amis par un banquet somptueux ;
puis, ayant exposé les motifs qui le font ré-
soudre à prendre congé de la Nature, et le
peu d'espérance qu'il y a d'ajouter quelque
chose à ses belles actions, on lui fait ou
grâce, c'est-à-dire qu'on lui permet de mourir, ou on lui fait un sévère commandement
de vivre. Quand donc, à la pluralité de
voix, on lui a mis son souffle entre les
mains, il avertit ses plus chers et du jour
et du lieu : ceux-ci se purgent et s'abs-
tiennent de manger pendant vingt-quatre
heures ; puis, arrivés qu'ils sont au logis du
Sage, et sacrifié qu'ils ont au Soleil, ils en-
trent dans la chambre, où le généreux les
attend sur un lit de parade. Chacun le vient
embrasser ; et, quand c'est au rang de celui
qu'il aime le mieux, après l'avoir baisé ten-
drement, il l'appuie sur son estomac, et,

joignant sa bouche sur sa bouche, de la main droite il se plonge un poignard dans le cœur. L'amant ne détache point ses lèvres de celles de son amant, qu'il ne le sente expirer ; et lors, il retire le fer de son sein, et, fermant de sa bouche la plaie, il avale son sang, qu'il suce jusqu'à ce qu'un second lui succède, puis un troisième, un quatrième, et enfin toute la compagnie ; et, quatre ou cinq heures après, on introduit à chacun une fille de seize ou dix-sept ans ; et, pendant trois ou quatre jours qu'ils sont à goûter les plaisirs de l'amour, ils ne sont nourris que de la chair du mort, qu'on leur fait manger toute crue, afin que, si de cent embrassemens il peut naître quelque chose, ils soient assurés que c'est leur ami qui revit. »

J'interrompis ce discours, en disant à celui qui me le faisoit que ces façons de

faire avoient beaucoup de ressemblance
avec celles de quelque peuple de notre
Monde ; et continuai ma promenade, qui fut
si longue, que, quand je revins, il y avoit
deux heures que le dîner était prêt. On me
demanda pourquoi j'étois arrivé si tard :
« Ce n'a pas été ma faute, répondis-je au
cuisinier, qui s'en ploignoit ; j'ai demandé
plusieurs fois, par les rues, quelle heure il
étoit, mais on ne m'a répondu qu'en ouvrant
la bouche, serrant les dents, et tournant le
visage de travers.

— Quoi ! s'écria toute la compagnie, vous
ne savez pas que par là ils vous montroient
l'heure ? — Par ma foi, repartis-je, ils
avoient beau exposer leur grand nez au Soleil, avant que je l'apprisse. — C'est une
commodité, me dirent-ils, qui leur sert à se
passer d'horloge ; car, de leurs dents, ils
font un cadran si juste, que, lorsqu'ils

veulent instruire quelqu'un *de l'heure*, ils
ouvrent les lèvres ; et, l'ombre de ce nez,
qui vient tomber dessus leurs dents, marque
comme un cadran celle dont le curieux est
en peine. Maintenant, afin que vous sachiez
pourquoi en ce pays tout le monde a le nez
grand, apprenez qu'aussitôt que la femme
est *accouchée*, la *matrone* porte l'enfant au
maître du *Séminaire*; et justement, au bout
de l'an, les experts étant assemblés, si son
nez est trouvé plus court qu'à une certaine
mesure que tient le syndic, il est censé camus et mis entre les mains de gens qui le
châtrent. Vous me demanderez la cause de
cette barbarie, et comment il se peut faire
que nous, chez qui la virginité est un crime,
établissons des *continences* par force ? Mais
sachez que *nous le faisons* après avoir observé, depuis trente siècles, qu'un grand nez
est le signe d'un homme spirituel, courtois,

affable, généreux, libéral ; et que le petit
est un signe du contraire. C'est pourquoi
des Camus on bâtit les Eunuques, parce
que la République aime mieux ne pas avoir
d'enfans, que d'en avoir qui leur fussent
semblables. » Il parloit encore, lorsque je
vis entrer un homme tout nu. Je m'assis
aussitôt et me couvris pour lui faire honneur, car ce sont les marques du plus grand
respect qu'on puisse, en ce pays-là, témoigner à quelqu'un. « Le Royaume, dit-il,
souhaite qu'avant de retourner en votre
Monde, vous en avertissiez les magistrats,
à cause qu'un Mathématicien vient tout à
l'heure de promettre au Conseil, que, pourvu
qu'étant de retour chez vous, vous vouliez
construire une certaine machine qu'il vous
enseignera, il attirera votre globe et le join-
dra à celui-ci. » A quoi je promis de ne pas
manquer. « Eh ! je vous prie, dis-je à mon

Hôte, quand l'autre fut parti, de me dire pourquoi cet envoyé portoit à la ceinture des parties honteuses de bronze? » Ce que j'avois vu plusieurs fois, pendant que j'étois en cage, sans l'avoir osé demander, parce que j'étois toujours environné des Filles de la Reine, que je craignois d'offenser, si j'eusse en leur présence attiré l'entretien d'une matière si grasse. De sorte qu'il me répondit : « Les femelles ici, non plus que les mâles, ne sont pas assez ingrates pour rougir à la vue de celui qui les a forgées ; et les vierges n'ont pas honte d'aimer sur nous, en mémoire de leur mère Nature, la seule chose qui porte son nom. Sachez donc que l'écharpe dont cet homme est honoré, et où pend pour médaille la figure d'un membre viril, est le symbole du gentil-homme et la marque qui distingue le noble d'avec le roturier. » Ce paradoxe me sembla

si extravagant, que je ne pus m'empêcher
de rire.

« Cette coutume me semble bien extraordinaire, repartis-je, car en notre Monde la
marque de noblesse est de porter une épée. »
Mais l'hôte, sans s'émouvoir : « O mon petit
homme ! s'écria-t-il, quoi ! les grands de
votre Monde sont si enragés de faire parade d'un grand instrument qui désigne un
bourreau, qui n'est forgé que pour nous détruire, enfin l'ennemi juré de tout ce qui
vit ; et de cacher, au contraire, un membre,
sans qui nous serions au rang de ce qui
n'est pas, le Prométhée de chaque animal,
et le réparateur infatigable des foiblesses de
la Nature ! Malheureuse contrée, où les
marques de génération sont ignominieuses,
et où celles d'anéantissement sont hono-
rables ! Cependant vous appelez ce membre-
là des *parties honteuses*, comme s'il y avoit

quelque chose de plus glorieux que de donner la vie, et rien de plus honteux que de l'ôter ! » Pendant tout ce discours, nous ne laissions pas de dîner ; et, sitôt que nous fûmes levés, nous allâmes au jardin prendre l'air, et là, prenant occasion de la génération et conception des choses, il me dit : « Vous devez savoir que la Terre se faisant un arbre, d'un arbre un pourceau, et d'un pourceau un homme, nous devons croire, puisque tous les êtres dans la Nature tendent au plus parfait, qu'ils aspirent à devenir hommes, cette essence étant l'achèvement du plus beau mixte, et le mieux imaginé qui soit au monde, parce que c'est le seul qui fasse le lien de la vie animale avec la raisonnable. C'est ce qu'on ne peut nier, sans être pédant, puisque nous voyons qu'un prunier, par la chaleur de son germe, comme par une bouche, suce et digère le gazon qui l'environne ; qu'un pourceau dévore ce fruit et le fait devenir une partie de soi-même, et qu'un homme mange le pourceau, réchauffe cette chair morte, la joint à soi, et fait revivre cet animal sous une plus noble espèce. Ainsi, cet homme, que vous voyez, étoit peut-être, il y a soixante ans, une touffe d'herbe dans mon jardin ; ce qui est d'autant plus probable, que l'opinion de la Métempsycose Pythagorique, soutenue par tant de grands hommes, n'est vraisemblablement parvenue jusqu'à nous, qu'afin de nous engager à en rechercher la vérité, comme, en effet, nous avons trouvé que tout ce qui est sent et végète, et qu'enfin, après que toute la matière est parvenue à ce période qui est sa perfection, elle descend et retourne dans son inanité, pour revenir et jouer derechef les mêmes rôles. »

Je descendis, très-satisfait, au jardin, et je

commençois à réciter à mon compagnon ce
que notre maître m'avoit appris, quand le
Physionome arriva pour nous conduire à la
réfection et au dortoir.

Le lendemain, dès que je fus éveillé, je
m'en allai faire lever mon Antagoniste.
« C'est un aussi grand miracle, lui dis-je en
l'abordant, de trouver un fort esprit, comme
le vôtre, enseveli dans le sommeil, que de
voir du feu sans action. » Il souffrit de ce
mauvais compliment. « Mais, s'écria-t-il
avec une colère passionnée d'amour, ne
vous déferez-vous jamais de ces termes fabuleux?

Sachez que ces noms-là diffament le
nom de Philosophe, et comme le Sage
ne voit rien au monde qu'il ne conçoive et
qu'il ne juge pouvoir être conçu, il doit
abhorrer toutes ces expressions de prodiges
et d'événements de Nature, qu'ont inventés

les stupides, pour excuser les foiblesses de
leur entendement. »

Je crus alors être obligé en conscience
de prendre la parole pour le détromper.
« Encore, lui répliquai-je, que vous soyez
obstiné dans vos sentiments, j'ai vu plusieurs choses arrivées surnaturellement. —
Vous le dites, continua-t-il ; mais vous ne
savez pas que l'imagination est capable de
guérir toutes les maladies que vous attribuez au surnaturel, à cause d'un certain
baume naturel contenant toutes les qualités
contraires à toutes celles de chaque mal qui
nous attaque : ce qui se fait, quand notre
imagination, avertie par la douleur, va
chercher en ce lieu le remède spécifique
qu'elle apporte au venin. C'est là d'où vient
qu'un habile médecin de votre Monde con-
seille au malade de prendre plutôt un médecin ignorant, qu'on estimera pourtant

fort habile, qu'un fort habile, qu'on estimera ignorant, parce qu'il se figure que
notre imagination, travaillant à notre santé,
pourvu qu'elle soit aidée de remèdes, est
capable de nous guérir ; mais que les plus
puissants étoient trop foibles, quand l'imagination ne les appliquoit pas. Vous éton-
nez-vous que les premiers hommes de votre
Monde vivoient tant de siècles, sans avoir
aucune connoissance de la médecine? Non.
Et qu'est-ce, à votre avis, qui en pouvoit
être la cause, sinon leur nature encore dans
sa force, et ce baume universel, qui n'est
pas encore dissipé par les drogues dont vos
Médecins vous consument; n'ayant lors
pour rentrer en convalescence, qu'à le sou-
haiter fortement, et s'imaginer d'être gué-
ris ? Aussi, leur fantaisie vigoureuse, se
plongeant dans cette huile, en attiroit
l'élixir, et, appliquant l'actif au passif, ils

se trouvoient presque dans un clin d'œil
aussi sains qu'auparavant : : ce qui, malgré la dépravation de la Nature, ne laisse
pas de se faire encore aujourd'hui, quoiqu'un
peu rarement, à la vérité ; mais le populaire
l'attribue à miracle. Pour moi, je n'en crois
rien du tout, et je me fonde sur ce qu'il est
plus facile que tous ces docteurs se trom-
pent, que cela n'est facile à faire ; car, je
leur demande : Le fiévreux, qui vient d'être
guéri, a souhaité bien fort, pendant sa maladie, comme il est vraisemblable, d'être
guéri, et même il a fait des vœux pour cela ;
de sorte qu'il falloit nécessairement qu'il
mourût, ou qu'il demeurât dans son mal,
ou qu'il guérît ; s'il fût mort, on eût dit que
le Ciel l'avoit récompensé de ses peines, et
même on eût dit que, selon la prière du malade, il a été guéri de tous ses maux ; s'il
fût demeuré dans son infirmité, on auroit

dit qu'il n'avoit pas la foi ; mais parce qu'il est guéri, c'est un miracle tout visible. N'est-il pas bien plus vraisemblable, que sa fantaisie, excitée par les violens désirs de la santé, a fait son opération? Car je veux qu'il soit réchappé. Pourquoi crier miracle, puisque nous voyons beaucoup de personnes qui s'étoient vouées périr misérablement avec leurs vœux? — Mais, à tout le moins, lui repartis-je, si ce que vous dites de ce baume est véritable, c'est une marque de la raisonnabilité de notre âme, puisque, sans se servir des instrumens de notre raison, sans s'appuyer du concours de notre volonté, elle fait elle-même, comme si, étant hors de nous, elle appliquoit l'actif au passif. Or, si, étant séparée de nous, elle est raisonnable, il faut nécessairement qu'elle soit spirituelle ; et, si vous la confessez spirituelle, je conclus qu'elle est im-

mortelle, puisque la mort n'arrive dans
l'animal, que par le changement des formes,
dont la matière seule est capable. » Ce
jeune homme, alors, s'étant mis en son séant
sur son lit, et m'ayant fait asseoir, discou-
rut à peu près de cette sorte : « Pour l'âme
des bêtes, qui est corporelle, je ne m'étonne
pas qu'elle meure, vu qu'elle n'est, possible, qu'une harmonie des quatre qualités,
une force de sang, une proportion d'organes bien concertés ; mais je m'étonne
bien fort que la nôtre, intellectuelle, incor-
porelle et immortelle, soit contrainte de sortir de chez nous, par la même cause qui fait
périr celle d'un bœuf. A-t-elle fait pacte
avec notre corps, que, quand il auroit un
coup d'épée dans le cœur, une balle de
plomb dans la cervelle, une mousquetade
à travers le corps, d'abandonner aussitôt
sa maison ?... Et, si cette âme étoit spiri-

tuelle, et par soi-même si raisonnable, qu'elle fût aussi capable d'intelligence, quand elle est séparée de notre masse, que quand elle en est revêtue, pourquoi les aveugles-nés, avec tous les beaux avantages de cette âme intellectuelle, ne sauroient-ils s'imaginer ce que c'est que de voir ? Est-ce à cause qu'ils ne sont pas encore privés, par le trépas, de tous leurs sens ? Quoi ! je ne pourrai donc me servir de ma main droite, à cause que j'en ai une gauche ?... Et enfin, pour faire une comparaison juste, et qui détruise tout ce que vous avez dit, je me contenterai de vous apporter l'exemple d'un Peintre, qui ne peut travailler sans pinceau; et je vous dirai que l'âme est tout de même, quand elle n'a pas l'usage des sens.

— Oui, mais, ajouta-t-il... Cependant ils veulent que cette âme, qui ne peut agir qu'imparfaitement, à cause de la vie, puisse

alors travailler avec perfection, quand après
notre mort elle les aura tous perdus. S'ils
me viennent rechanter qu'elle n'a pas besoin
de ces instrumens pour faire ses fonctions,
je leur rechanterai qu'il faut fouetter les
Quinze-Vingts, qui font semblant de ne
voir goutte. » Il vouloit continuer dans de
si impertinens raisonnemens ; mais je lui
fermai la bouche, en le priant de les cesser :
comme il fit, de peur de querelle ; car il
connoissoit que je commençois à m'échauf-
fer. Il s'en alla ensuite, et me laissa dans
l'admiration des gens de ce Monde-là, dans
lesquels, jusqu'au simple peuple, il se
trouve naturellement tant d'esprit, au lieu
que ceux du nôtre en ont si peu, et qui leur
coûte si cher. Enfin, l'amour de mon pays
me détachant petit à petit de l'affection, et
même de la pensée que j'avois eue de demeurer en celui-là, je ne songeai plus qu'à

mon départ ; mais j'y vis tant d'impossibi-
lités, que j'en devins tout chagrin. Mon
Démon s'en aperçut ; et, m'ayant demandé
à quoi il tenoit que je ne parusse pas le
même que toujours, je lui dis franchement
le sujet de ma mélancolie ; mais il me fit de
si belles promesses pour mon retour, que
je m'en reposai sur lui entièrement. J'en
donnai avis au Conseil, qui m'envoya quérir, et qui me fit prêter serment que je ra-
conterois dans notre Monde les choses que
j'avois vues en celui-là. Ensuite, on me fit
expédier des passe-ports, et mon Démon
s'étant muni de choses nécessaires pour un
si grand voyage, me demanda en quel endroit de mon pays je voulois descendre. Je
lui dis que la plupart des riches enfans de
Paris, se proposant un voyage à Rome une
fois en la vie, ne s'imaginant pas, après
cela, qu'il y eût rien de beau ni à faire, ni

à voir, je le priois de trouver bon que je les imitasse. « Mais, ajoutai-je, dans quelle machine ferons-nous ce voyage, et quel ordre pensez-vous que me veuille donner le Mathématicien qui me parla l'autre jour de joindre ce globe-ci au nôtre ? — Quant au Mathématicien, me dit-il, ne vous y arrêtez point, car c'est un homme qui promet beaucoup et qui ne tient rien. Et quant à la machine qui vous reportera, ce sera la même qui vous voitura à la Cour. — Comment ? dis-je, l'air deviendra pour soutenir vos pas aussi solide que la terre? C'est ce que je ne crois point. — Et c'est une chose étrange, reprit-il, que ce que vous croyez et ne croyez pas! Eh ! pourquoi les Sorciers de votre Monde, qui marchent en l'air et conduisent des armées, des grêles, des neiges, des pluies, et d'autres tels météores, d'une province en une autre, au-

roient-ils plus de pouvoir que nous? Soyez,
soyez, je vous prie, plus crédule en ma
faveur. — Il est vrai, lui dis-je, que j'ai
reçu de vous tant de bon offices, de même
que Socrate et les autres pour qui vous
avez tant eu d'amitié, que je me dois fier à
vous, comme je fais, en m'y abandonnant
de tout mon cœur. » Je n'eus pas plutôt
acheve cette parole, qu'il s'enleva comme un
tourbillon, me tenant entre ses bras : il me
fit passer, sans incommodité, tout ce grand
espace que nos Astronomes mettent entre
nous et la Lune, en un jour et demi ; ce
qui me fit connoître le mensonge de ceux
qui disent qu'une meule de moulin seroit
trois cent soixante et tant d'années à tomber du Ciel, puisque je fus si peu de temps
à tomber du globe de la Lune en celui-ci.
Enfin, au commencement de la seconde
journée, je m'aperçus que j'approchois de

notre Monde. Déjà je distinguois l'Europe
d'avec l'Afrique, et ces deux d'avec l'Asie,
lorsque je sentis le soufre que je vis sortir
d'une fort haute montagne : cela m'incom-
modoit, de sorte que je m'évanouis. Je ne
puis pas dire ce qui m'arriva ensuite ; mais
je me trouvai, ayant repris mes sens, dans
des bruyères sur la pente d'une colline, au
milieu de quelques pâtres qui parloient ita-
lien. Je ne savois ce qu'étoit devenu mon
Démon, et je demandai à ces pâtres s'ils ne
l'avoient point vu. A ce mot, ils firent le
signe de la Croix, et me regardèrent
comme si j'en eusse été un moi-même.
Mais, leur disant que j'étois Chrétien, et
que je les priois par charité de me conduire
en quelque lieu où je pusse me reposer, ils
me menèrent dans un village, à un mille de
là, où je fus à peine arrivé, que tous les
chiens du lieu, depuis les bichons jusqu'aux

dogues, se vinrent jeter sur moi, et m'eussent dévoré, si je n'eusse trouvé une maison où je me sauvai. Mais cela ne les empêcha pas de continuer leur sabbat, en sorte que le maître du logis m'en regardoit d'un mauvais œil ; et je crois que, dans le scrupule où le peuple augure de ces sortes d'accidents, cet homme était capable de m'abandonner en proie à ces animaux, si je ne me fusse avisé que ce qui les acharnoit ainsi après moi étoit le monde d'où je venois, à cause qu'ayant accoutumé d'aboyer à la Lune, ils sentoient que j'en venois, et que j'en avois l'odeur, comme ceux qui conservent une espèce de relan ou air marin, quelque temps après être descendus de dessus la mer. Pour me purger de ce mauvais air, je m'exposai sur une terrasse, durant trois ou quatre heures, au Soleil : après quoi, je descendis, et les chiens qui ne sentoient plus l'influence qui m'avoit fait leur ennemi, ne m'aboyèrent plus et s'en retournèrent chacun chez soi. Le lenmain, je partis pour Rome, où je vis les restes des triomphes de quelques Grands Hommes, de même que ceux des siècles : j'en admirai les belles ruines, et les belles réparations qu'y ont faites les Modernes. Enfin, après y être demeuré quinze jours en la compagnie de M. de Cyrano, mon Cousin, qui me prêta de l'argent pour mon retour, j'allai à Civita-Vecchia, et me mis sur une galère qui m'amena jusqu'à Marseille.

Pendant tout ce voyage, je n'eus l'esprit tendu qu'aux merveilles de celui que je venois de faire. J'en commençai les mémoires dès ce temps-là ; et, quand j'ai été de retour, je les mis autant en ordre que la maladie qui me retient au lit me l'a pu permettre. Mais, prévoyant quelle sera la fin de mes études et de mes travaux, pour tenir parole au Conseil de ce Monde-là, j'ai prié M. Lebret, mon plus cher et mon plus inviolable ami, de les donner au Public, avec l'*Histoire de la République du Soleil*, celle de l'*Étincelle*, et quelques autres Ouvrages de même façon, si ceux qui nous les ont dérobés les lui rendent, comme je les en conjure de tout mon cœur.

FIN

ÉMILE COLIN — IMPRIMERIE DE LAGNY

Extrait du Catalogue de la Librairie

E. FLAMMARION, Éditeur, rue Racine, 26

PARIS

AUTEURS CÉLÈBRES

A 60 CENTIMES LE VOLUME

La collection des *Auteurs célèbres* à **60** centimes le volume a été créée en 1887. Son but est de mettre entre toutes les mains de bonnes éditions des meilleurs écrivains modernes et contemporains. Avec des caractères très lisibles, sous un format commode et digne de **tenir** une belle place dans toute bibliothèque, il paraît chaque semaine un volume qui constitue toujours un tout complet. Depuis la fondation de cette publication, plus de **cinq millions d'exemplaires** ont été répandus dans l'univers. Elle a exercé une influence incontestablement heureuse sur la diffusion du goût de la lecture dans toutes les classes de la société, en même temps qu'elle a propagé à l'étranger l'usage et l'action de la langue française. C'est là un beau résultat.

Voici la nomenclature complète des ouvrages composant à ce jour la collection des *Auteurs célèbres*, à laquelle collaborent toutes nos célébrités.

AICARD (JEAN)..........	Le Pavé d'Amour.
ALARCON (A. DE)	Un Tricorne. (Trad. de l'espagnol.)
ALEXIS (PAUL)..........	Les Femmes du père Lefèvre.
ARCIS (CH. D')..........	La Correctionnelle pour rire.
—	La Justice de paix amusante.
ARÈNE (PAUL)..........	Le Canot des six Capitaines.
—	Nouveaux Contes de Noël.
AUBANEL (HENRY)........	Historiettes.
AUBERT (CH.)..........	La Belle Luciole.
—	La Marieuse.
AURIOL (GEORGES).......	Contez-nous ça!
BEAUTIVET..............	La Maîtresse de Mazarin.

HOUSSAYE (ARSÈNE)...... Madame Trois-Étoiles.
— Les Larmes de Jeanne.
— La Confession de Caroline.
— Julia.
HUCHER (I.)........... La Belle Madame Pajol.
HUGO (VICTOR)......... La Légende du Beau Pécopin et de
la Belle Bauldour.
JACOLLIOT (L.)........... Voyage aux Pays Mystérieux.
— Le Crime du Moulin d'Usor.
— Vengeance de Forçats.
— Les Chasseurs d'Esclaves.
— Voyage sur les rives du Niger.
— Voyage au pays des Singes.
JANIN (JULES)... .... Contes.
— Nouvelles.
— L'Ane mort.
JOGAND (MARIUS)........ L'Enfant de la Folle.
LA FAYETTE (Mme DE)..... La Princesse de Clèves.
LANO (PIERRE DE)... .... Jules Fabien.
LAUNAY (A. DE)...... ... Mademoiselle Mignon.
LAURENT (ALBERT)....... La Bande Michelou.
LE ROUX (HUGUES)....... L'Attentat Sloughine.
LEROY (CHARLES)........ Les Tribulations d'un Futur.
— Le Capitaine Lorgnegrut.
— Un Gendre à l'Essai.
LESSEPS (FERDINAND DE). Les Origines du Canal de Suez.
LHEUREUX (P.).......... P'tit Chéri. (Histoire parisienne.)
— Le Mari de Mlle Gendrin.
LOCKROY (EDOUARD)...... L'Ile révoltée.
LONGUEVILLE........... L'Art de tirer les Cartes.
LONGUS............... Daphnis et Chloé.
MAEL (PIERRE).......... Pilleur d'Epaves. (Mœurs maritimes.)
— Le Torpilleur 29.
— La Bruyère d'Yvonne.
MAISTRE (X. DE)........ Voyage autour de ma Chambre.
MAIZEROY (RENÉ)....... Souvenirs d'un Officier.
— Vavaknoff.
— Souvenirs d'un Saint-Cyrien.
— La Dernière Croisade.
MALOT (HECTOR)........ Séduction.
— Les Amours de Jacques.
MARGUERITTE (PAUL).... La Confession posthume.

SOULIÉ (FRÉDÉRIC)........	Le Lion amoureux.
SPOLL (E.-A.)............	Le Secret des Villiers.
STAPLEAUX (L.)..........	Le Château de la Rage.
STERNE................	Voyage sentimental.
SWIFT................	Voyages de Gulliver.
TALMEYR (MAURICE)....	Le Grisou.
THEURIET (ANDRÉ)......	Le Mariage de Gérard.
—	Lucile Désenclos. — Une Ondine.
	Contes tendres.
TOLSTOI (COMTE LÉON)...	Le Roman du Mariage.
—	La Sonate à Kreutzer.
—	Maître et Serviteur.
TOUDOUZE (G.)..........	Les Cauchemars.
TOURGUENEFF (I.).......	Devant la Guillotine.
—	Récits d'un Chasseur.
—	Premier Amour.
UZANNE (OCTAVE).......	La Bohème du cœur.
VALLERY-RADOT.........	Journal d'un Volontaire d'un an.
	(Ouvrage couronné.)
VAST-RICOUARD.........	La Sirène.
—	Madame Lavernon.
—	Le Chef de Gare.
VAUTIER (CL.)...........	Femme et Prêtre.
VEBER (PIERRE).........	L'Innocente du Logis.
VIALON (P.)............	L'Homme au Chien muet.
VIGNON (CLAUDE).......	Vertige.
VILLIERS DE L'ISLE-ADAM.	Le Secret de l'Échafaud.
VOLTAIRE..............	Zadig. — Candide. — Micromégas.
XANROF................	Juju.
YVELING RAMBAUD.......	Sur le tard.
ZACCONE (PIERRE).......	Seuls!
ZOLA (EMILE)..........	Thérèse Raquin.
—	Jacques Damour.
—	Jean Gourdon.
—	Sidoine et Médéric.
—	Nantas.
—	La Fête à Coqueville.
—	Madeleine Férat.

(Envoi franco contre mandat ou timbres-poste français.)

ÉMILE COLIN — IMPRIMERIE DE LAGNY

AVIS DE L'ÉDITEUR

Le but de la collection des *Auteurs célèbres*, à **60** *centimes* le volume, est de mettre entre toutes les mains de bonnes éditions des meilleurs écrivains modernes et contemporains.

Sous un format commode et pouvant en même temps tenir une belle place dans toute bibliothèque, il paraît chaque quinzaine un volume.

CHAQUE OUVRAGE EST COMPLET EN UN VOLUME

En jolie reliure spéciale à la collection, **1 fr.** le volume.

(ENVOI FRANCO CONTRE MANDAT OU TIMBRES-POSTE)

PARIS — IMPRIMERIE E. FLAMMARION, RUE RACINE, 26.